KB167361

안녕, 나의 무자비한 여왕

Original Japanese title: SAYONARA, MUJIHI NA BOKU NO JOŌ.
copyright © Waon Kogarashi 2023
Original Japanese edition published by Jitsugyo no Nihon Sha, Ltd.
Korean translation rights arranged with Jitsugyo no Nihon Sha, Ltd.
through The English Agency(Japan) Ltd. and Eric Yang Agency, Inc.

이 책의 한국어판 저작권은 Eric Yang Agency를 통해
Jitsugyo no Nihon Sha, Ltd.와의 독점 계약으로 ㈜흐름출판에 있습니다.
저작권법에 의해 한국 내에서 보호를 받는 저작물이므로
무단전재와 무단복제를 금합니다.

안녕, 나의 무자비한 여왕

✝ 차례 ✝

———————————— ◇ ————————————

———————————— ◇ ————————————

프롤로그

병원 뒤편의 인적 없는 화단에 줄기만 남은 식물들이 무수히 늘어서 있다. 하나같이 꽃자루 위쪽이 댕강 잘린 채. 솔직히 그리 유쾌한 장면은 아니다. 하지만 이 꺼림칙한 풍경을 연출해 낸 장본인은 애정 어린 눈빛으로 그 모습을 바라보고 있다.

별생각 없이 오래 전 유행했던 어떤 노래에 대한 불평을 늘어놓자 그녀가 말한다.

"나도 그 노래에는 그다지 좋은 기억이 없어."

무기력하게 튀어나온 그 대답은 뜻밖이다.

"그래요? 좋아하는 줄 알았는데."

"특별한 이유가 있는 건 아냐. 왜 많은 사람들이 좋아했는지도 이해는 가. 그런데 어렸을 때 툭하면 어른들이 부르라고 시키던 노래가 있었잖아. 나한텐 애국가라든가 교가, 합창곡 같은 게 그런 노래였지. 그런데 난 누군가가 내게 선택을 강요하는 게 싫었어. 설령 애창곡이어도 매일 부르라고 하면 질리기 마련이잖아. 도가 지나치면 어떻겠어? 혐오감이 드는 거지."

얼굴 없는 식물들 앞에서, 그녀는 마치 그들을 거느리는 여왕처럼 보인다. *그녀가 앓고 있는 희귀병을 생각하면 그리 터무니없는 표현은 아닐지도.* 그들을 위엄 있게 내려다보며 여왕님은 탄식하듯 중얼거린다.

"온리원(only one)에 환장하는 어른들이 아이한테 걸핏하면 똑같은 노래만 부르게 하니, 음악이 세상을 바꿀 날은 영영 오지 않을지도 몰라."

개성 없는 꽃들이 늘어선 곳에서 듣는 냉소라 그런지 한층 매섭게 들리지만, 어떤 노랫말이나 명언보다도 나는 그 말에 공감한다. 그러나 그녀와 나 사이에는 결코 넘을 수 없는 선이 그어져 있다.

"그런데도 선의가 인생을 풍요롭게 한다고 말하는군요."

약간 비꼬듯이 말했는데도 그녀는 더할 나위 없이 산뜻한 미소를 보인다.

"물론이지. 머지않아 네 눈앞에 펼쳐질 밝은 미래가 손에 잡힐 듯 보이거든."

나는 진심으로 내 선의를 믿는 듯한 그녀를 마주 보지 못하고, 그만 시선을 거두어 버린다.

밝은 미래 따위, 필요 없다.

화창하든 먹구름이 드리우든 사람은 언젠가 죽는다. 아무도 성가시게 하지 않고 편히 죽는 방법이 있다면 당장 죽어도 상관없다. 결국 인생에서 중요한 건, 죽기 전까지 얼마나 고통 없이 보내느냐일 테니까.

어째서 내 몸은 나만의 소유일까? 목숨도 분갈이가 된다면, 기꺼이 내 몸이 담긴 화분을 당신에게 바칠 텐데.

괴물들

고개를 숙인 채 나는 완전히 주눅이 들어 있었다. 병원 복도는 흙과 도자기 파편으로 지저분해져 있었고, 그 한가운데에는 빨간 꽃이 떨어져 있었다. 얼핏 보면 살인사건의 핏자국을 연상시켰다. 흙투성이 바닥 앞에는 중년으로 보이는 슈트 차림의 샐러리맨이 서 있었다. 그의 가죽 구두와 바지에는 내가 떨어뜨린 화분의 흙이 튀어 있었다.

"너, 이게 대체 무슨 짓이냐고?"

벌써 몇 번이나 들은 질문이었지만 대답할 말은 여전히 떠오르지 않았다. 두 손을 정중히 모으고 계속 머리를 조아렸다.

"죄송합니다. 세탁비는 물어 드리겠습니다……."

"돈 문제가 아니라고!"

내 말을 끊으며 샐러리맨은 윽박질렀다. 복도에는 정적이 흘렀고, 고개를 숙이고 있었음에도 내게 시선이 쏠리는 걸 알 수 있었다. 복도 한쪽에 선 채로 당장이라도 울음을 터트릴 듯한 남자아이 환자와 눈이 마주쳤지만, 나는 곧바로 시선을 피했다.

"세탁비는 당연히 물어내는 거고! 너 때문에 내 귀중한 시간이 날아가게 생겼다는 걸 말하는 거잖아!"

"죄송합니다."

시간이 아깝다면 빨리 돌아가면 될 텐데. 물론 그런 말을 꺼낼 수는 없었다. 나는 고개를 숙인 채 사과의 말을 되풀이했다. 나를 다그치는 데 정신이 팔려 흙을 마구 짓밟아 대는 통에 자신의 가죽 구두가 더 더러워지고 있다는 걸 그는 알아채지 못했다. 그는 발밑의 깨진 화분 조각을 손가락질하면서 소리쳤다.

"대체 뭐야? 화분에 심은 꽃을 병원에 들고 오다니, 몰상식에도 정도가 있지! 사람들에게 폐가 되잖아? 가게에서 어떻게 교육을 시킨 거야? 정식으로 항의할 테니까, 전화번호 대……."

"시끄러워 죽겠네. 웬 소란이야?"

경쾌한 목소리였다. 큰 목소리도 아니었지만 수면에 이는 파문처럼 선명하게 귀에 닿았다. 고개를 들어 뒤를 돌아

보자 구경꾼의 틈을 비집고 나오는 그녀가 보였다. 승부욕이 강해 보이는 인상의 젊은 여자였다. 쇼트커트, 가늘고 기다란 눈, 회색 재킷과 블랙진의 옷차림은 자신만만한 커리어우먼을 연상시켰지만, 왼쪽 손목에 찬 환자 인식용 팔찌로 보아 이 병동에 입원한 환자인 듯했다.

나를 포함한 모두의 시선이 그녀에게 쏠렸다. 하지만 당사자는 자신에게 쏟아지는 눈길을 전혀 아랑곳하지 않는 눈치였고, 그 당당한 면모가 한층 신비한 분위기를 자아냈다. 그녀는 아르바이트하는 꽃집의 상호가 인쇄된 앞치마를 보더니 과장되게 손가락을 턱에 갖다 댔다.

"어머, 너 혹시 내가 주문한 꽃을 배달하러 온 거야? 그렇다면 이건, 그래, 그래……."

그녀의 시선이 발밑의 흙더미로 향했고, 나는 그녀를 향해 깊이 고개를 숙였다.

"정말 죄송합니다! 주문하신 화분을 떨어뜨리는 바람에……."

"그래! 네가 일을 그따위로 하니까 이래저래 폐를 끼쳤잖아! 무슨 짓을 한 건지 알기는 한 거야?"

샐러리맨이 다시 손가락질을 하며 고래고래 따지기 시작했다. 마치 그녀의 말 덕분에 날 비난할 명분을 더 얻기라도 했다는 듯한 태도였다. 그녀는 한숨을 내쉬더니 성가시다는 듯 손을 내저었다.

"정말 민폐가 따로 없네. 꽃을 떨어뜨린 건 됐으니까 그만 가줄래?"

"네. 이게 저희 가게 연락처인데요……."

나는 앞치마 주머니에서 가게 명함을 꺼냈다. 상품을 훼손한 데다 세탁비까지 물어주게 생겼다. 정말이지 꼴사나운 실수를 저질렀다. 모쪼록 월급에서 차감할 수 있는 정도면 좋으련만. 내밀기가 무섭게 명함이 사라져서 남자가 낚아채 간 줄 알았다. 그런데 내 명함은 그녀의 손에 쥐어져 있었다. 명함을 가져간 이유를 파악할 새도 없이 그녀는 등 뒤에 있던 샐러리맨을 돌아보며 말했다.

"착각하지 말라고. 돌아가라는 건 그쪽한테 한 얘기니까."

순간 그곳에 있던 모든 사람들이 그녀의 말을 이해하지 못하는 분위기였다. 뒤늦게 샐러리맨이 미간을 찌푸리며 말했다.

"뭐라고? 이봐, 무슨 말을 하는 거야?"

남자의 목소리에 분노가 섞여 있어서 나는 긴장했다. 더는 상황이 나빠져서는 안 된다. 그녀가 무슨 생각을 하는 건지는 잘 모르겠지만, 내가 머리를 더 숙이는 한이 있더라도 이쪽에서 수습해야 한다. 그러나 내가 끼어들기도 전에 그녀는 주머니에서 무언가를 꺼내 허공을 향해 던졌다.

"그 정도면 세탁비로는 충분할 거야. 돈 챙겨서 냉큼 돌아가. 여긴 병원이라고. 소란 피우면 환자 치료에 방해되잖아."

공중에서 팔락이다가 남자 앞에 떨어진 건 지폐였다. 샐러리맨은 얼이 빠진 채로 멍하니 그걸 내려다보고 있었다. 그녀는 무릎을 굽히더니 바닥으로 손을 뻗었다. 그러고 나서 내가 배달하려 했던 진홍빛 꽃을 집어 들고는 천천히 입으로 가져갔다.

"병원에 화분을 들고 오는 게, 뭐?"

그녀는 입 속에 꽃잎을 쑤셔 넣더니 단번에 뜯어 먹었다. 여기저기에서 술렁이는 소리가 퍼져 나왔고 작게 비명을 지르는 사람도 있었다. 꽃을 먹다니? 꽃을 삼키는 그녀를 보는 샐러리맨의 표정은 마치 괴물이라도 마주한 듯했다.

"머…, 먹었……, 다!"

샐러리맨은 입을 다물지 못하고 있다가, 정신을 차린 듯 잽싸게 지폐를 주워 씩씩거리며 자리를 떴다.

"미쳤군! 이 병원은 대체 어떻게 생겨 먹은 거야?"

폭풍이 지나간 듯한 정적이 흐른 뒤 청소부가 도구를 들고 오자 구경꾼들은 삼삼오오 흩어졌다. 이젠 몇 번째인지도 모를 말을 읊으며 나는 그녀를 향해 다시 돌아섰다.

"저, 저기, 죄송……, 아니, 감사했습니다."

그녀는 가볍게 한 손을 저으며 아무렇지 않은 듯 대답했다.

"소란스러워서 손쉬운 방법으로 쫓아버렸을 뿐이야. 신경 쓰지 않아도 돼."

"꽃은 새것으로 즉시 준비할게요. 저 분한테 건네 드린 세탁비도……, 전부를 드릴 수 있을지는 모르겠지만, 저희 가게 규정 내에서라면 제가 최대한도로……."

그녀가 고개를 저으며 말을 가로막았다.

"아냐, 그 돈은 내가 멋대로 준 거니까 됐어. 듣기 싫은 소리를 빨리 쫓아 버렸으니 싸게 먹힌 셈이기도 하고. 하지만 그렇게 미안하다면, 나랑 이야기 좀 하는 정도는 괜찮겠지?"

당연한 이야기지만, 내가 그녀의 제안을 거절할 수는 없었다.

병동의 한갓진 곳에 있는 개인실이 그녀의 병실이었다. 안을 들여다본 순간, 나는 발걸음을 멈출 수밖에 없었다. 그곳은 병실이라기보다 그녀의 방이라고 불러도 될 만큼 개인 물품으로 넘쳐났다. 넓지는 않았지만, 벽에는 책들이 빼곡하게 채워져 있는 멋스러운 책장이 두 개나 놓여 있었다.

텔레비전이 딸린 수납장 대신 업무용 책상과 사무용 의자, 노트북 컴퓨터가 세트로 갖춰져 있었는데, 하나같이 값비싸 보였다. 책상 아래에는 문 하나짜리 소형냉장고까지 있었다.

빈 공간에는 몇 개의 관엽식물이 놓여 있었다. 튤립, 베고니아, 히비스커스……, 식물계 초보자인 나로서는 고작 그 정도만 알 수 있었다. 하지만 모두 관엽식물인 것만은 틀림없었다.

VIP 병실은 아니었다. 그 샐러리맨이 지적해 주지 않았어도, 입원 환자에게 화분을 선물하는 게 허용되지 않는다는 건 알고 있었다. 그렇다는 건 이 방의 식물들뿐만 아니라 다른 가구들도 그녀의 개인 물품이라는 의미였다. 상식적으로 이해가 가지는 않았지만, 질서정연하게 정리되어 있어서 방 안이 어수선해 보이지는 않았다. 그녀가 전기포트 스위치를 켠 뒤 내게 물었다.

"커피 괜찮아? 홍차 티백도 있긴 해."

"네. 커피 마실게요."

병원 복도에서의 장면이 여전히 생생해서 혹시나 이상한 게 아닐까 싶어 커피 봉지를 확인했는데 잘 알려진 브랜드 상품이었다. 그녀의 위장으로 사라진 꽃을 떠올리며 나는 조심스레 물었다.

"저, 꽃 같은 걸 먹어도 괜찮나요?"

"글쎄. 맛있다고 말하긴 힘들지만, 거베라(국화과에 속하는 여러해살이풀) 꽃잎을 먹은 정도로 사람이 죽지는 않아."

순간 나는 말문이 막혔다.

"뭐랄까……, 굉장히 대담하신 것 같아요."

"별거 아냐. 벽창호의 입을 다물게 하려면 똑같이 대해주는 게 최고거든."

말장난하듯 받아치며 그녀는 뜨거운 물을 붓고 티스푼으로 휘저은 뒤 김이 피어오르는 머그잔을 내게 건넸다.

"입맛에 맞으면 좋겠네."

"고맙습니다. 잘 마실게요."

그녀가 권한 둥근 의자에 앉아서 나는 커피를 한 모금 마셨다. 순간 쓴 향이 코를 통과했다. 내가 얼굴을 찡그리자 그녀는 재미있다는 듯 웃었다.

"후후, 무리하지 말고 우유랑 설탕을 넣어도 돼, 소년. 그러고 보니 이름도 안 물어봤네."

"아리사카 하토라고 해요. 고등학생이고요."

"하토? 하토(일본어로 '비둘기'와 발음이 같다)란 말이지? 귀엽기도 하고 좋은 이름이네. 잘게 찢은 빵 있는데 먹을래?"

어쩐지 아까부터 이 사람한테 놀림 받는 기분인데? 아마도 그녀가 연장자이니 당연한 취급일 수도 있겠지만, 그래도 찝찝한 마음은 별개이다. 빨리 돌아가고 싶은 마음에 무심히 커피를 마셨다. 그녀는 침대에 걸터앉은 채 흥미진진하다는 표정으로 나를 바라보고 있었다. 뭐랄까, 굉장히, 아주 굉장히 편치 않았다. 절반쯤 마셨을 때 그녀가 말했다.

"그런데 말이야, 왜 그때 사실을 말하지 않은 거지?"

"네?"

내가 당황해하자 그녀가 내 등 뒤의 문을 검지로 가리켰다.

"화분을 떨어뜨렸을 때 말이야. 그거, 사실은 복도를 뛰어가던 아이랑 부딪히는 바람에 그렇게 된 거잖아?"

그녀는 침대 위에서 당당히 다리를 꼬더니 진지한 표정으로 내 눈을 응시했다. 마치 내 마음을 꿰뚫어 보기라도 하려는 것처럼.

"화분의 흙은 내 병실 방향과는 반대쪽으로 튀어 있었어. 네가 배달을 오다 그 자리에서 곧장 떨어뜨렸다면 그런 식으로 튀지는 않았겠지. 게다가 구경꾼 중에는 금방이라도 울음을 터트릴 것 같은 표정을 한 아이가 있었지. 험악한 분위기 탓이라고 하기에는 부자연스러울 정도로 말이야. 정말 무서웠다면 계속 그 자리에 있을 이유가 없을 테고. 그렇다면 이렇게 유추할 수 있겠지. 네 옆을 지나쳐가던 아이가 네 몸을 쳤고, 그 바람에 밀려난 네가 화분을 떨어뜨렸는데, 하필이면 그때 네 뒤쪽에서 오고 있던 샐러리맨이 흙을 뒤집어썼다. 어때? 그럴싸했어?"

"관찰력이 좋으시네요. 말한 그대로예요."

나는 그녀의 추리력을 칭찬했다. 머리도 상당히 좋은 것 같았다. 하지만 그녀는 여전히 딱딱한 표정으로 물었다.

"어째서 그 남자애 이야기를 안 한 거지?"

그녀의 눈빛이 묵직하게 느껴져서 나는 슬그머니 눈을 피하며 대답했다.

"설명을 해봤자 그 사람은 들으려 하지 않았을 테니까요."

나는 잔을 책상에 올려놓고 고개를 저었다.

"만약 제가 누군가의 문병객이었다면 그 사람은 그런 식으로까지 화를 내진 않았을 거예요. 하지만 꽃집 직원이란 걸 안 순간, 그 사람에게 저는 '막 대해도 되는 녀석'이 된 거겠죠. 구구절절 사정을 설명한다고 한들, '아이 탓으로 돌리지 마'라든가 '어쨌든 네가 미숙했던 거야. 핑계 대지 마'라든가, 속이 풀릴 때까지 비난만 했을 거예요."

화분을 떨어뜨린 직후, 그 샐러리맨은 별일 아니라는 듯 사람 좋은 미소를 짓고 있었다. 그러다 내 앞치마를 보더니 단박에 분노의 화신으로 돌변했다. 표정이 변하는 걸 보고 나는 알아차렸다. 말이 전혀 통하지 않는 사람이라는 걸.

"흐음, 그렇군. 말해봤자 아무런 의미가 없다……. 뭐, 일리 있는 말이긴 하지. 그런데 말이야."

그녀는 뭔가를 생각하는 듯 잠시 말을 멈추었다가 다시 내뱉었다.

"그런 사고방식은 별로 마음에 안 드는데."

"마음에 안 든다고……요?"

순간 나는 깜짝 놀랐다. 나이는 어려도 처음 만나는 사람에게 너무 직설적으로 이야기하는 게 아닌가? 앵무새처럼 따라 묻는 내게, 그녀는 양손을 깍지 끼며 말했다.

"그래. 만약 네가 그 남자애를 감싸주려고 진실을 숨긴 거라면 오히려 칭찬할 만한 일이겠지. 하지만 넌 '말해봤자 소용없을 것이다'라는 이유로 침묵을 택했어. 그런 선택은, 뭐랄까, 앞이 보이지 않는다고 해야 할까."

나는 궁금했다.

"같은 행동인데 동기가 다르면 뭔가 바뀐다는 건가요?"

"당연히 바뀌지."

"뭐가 어떻게 바뀌는데요?"

"인생이 풍요로워지지."

그녀는 조금도 주저하지 않고 말했다. 나는 속으로 한숨을 내쉬었다.

"인생을 풍요롭게 하는 건 '선행'이에요. '선의'가 아니라고요."

내가 반박하자, 그녀는 턱에 손가락을 대고 물끄러미 나를 바라보았다.

"너 말이야, 꼬였다는 소리 자주 듣지 않아?"

"아뇨. 그런 말을 해줄 친구가 없는데요."

약간의 적의를 담은 말이었지만 그녀는 손뼉을 치며 웃었다.

"아핫! 그렇단 말이지. 상당히 재미있는 애구나 너."

"어디가 그렇다는 건지……."

이 사람의 웃음 포인트가 뭔지 잘 모르겠다. 그냥 심심해서 날 놀리고 있는 건가? 도통 이해할 수 없다는 내 마음이 얼굴에 고스란히 드러났는지 그녀는 헛기침을 하며 표정을 바꿨다.

"자자, 들어보라고, 평화의 상징인 비둘기 소년."

그녀는 아이를 타이르듯 설명을 시작했다.

"선의가 반드시 사람을 구하는 건 아니다. 분명 맞는 말이지. 하지만 '어차피 소용없는 짓'이라며 부정적인 태도로 진실을 억눌러버리는 건 네 인생을 명백하게 망치는 짓이야. 생화를 먹는 것보다도 훨씬 더하지. 그러한 삶의 방식을 이어간다면 점점 진실이 뭐고 거짓이 뭔지 모호해져. 뭐가 가능하고 뭐가 불가능한지 알 수 없게 된다고. 왜 내게만 이런 일이 생기는 거냐며, 분노가 내면에 쌓이지. 그러다 끝내는 네가 좀 전에 맞닥뜨렸던 그런 신경질적인 어른이 되고 마는 거야. 아! 그런 어른이 되고 싶은 건가?"

나는 솔직하게 대답했다.

"일부러 되고 싶은 생각은 없어요."

"그렇겠지. 그런 인간은 아무렇지 않게 타인에게 상처를 입히거든. 진실을 들으려는 생각도 하지 않고 자기 논리를 강요하기만 해. 자기가 누군가에게 받은 고통을 다른 사람에게 꼭 돌려줄 생각에 자기의 위치를 이용해서 안하무인처럼 행동하지. 결국 그런 행동 때문에 대가를 치르면 본인이 한 짓은 제쳐놓고 두 배로 되갚아 주겠다며 혈안이 되고 말이야. 그때부터 진흙탕 싸움이 시작되는 거야. 너 같은 소년이 그런 어른이 되는 걸 난 바라지 않아."

묘하게 진정성이 느껴졌다. 장래에 대해 진지하게 고민한 적은 거의 없었다. 내가 그 샐러리맨 같은 어른이 되는 모습은 상상하기 힘들었지만, 어쩌면, 정말 만에 하나라도 그와 비슷한 종류의 인간이 되어 있을 수도 있지 않을까 생각한 적은 있었다. 처음부터 괴물 같은 진상이 되고 싶어 하는 사람은 없을 것이다. 살다 보니 그런 인격이 형성된 것일 뿐. 내게도 그런 일이 없을 거라고 나는 장담할 수 없었다.

그렇다고 그녀의 이야기가 무조건 옳은 것도 아니었다.

정론으로 삶의 방식을 바꿀 수 있다면 세상에 고생할 사람이 누가 있을까?

"그래서 저한테 어쩌라는 건데요?"

그녀는 골똘히 고민하더니 손가락을 딱 튕겼다.

"그거야……, 좋아, 이렇게 하자. 게임을 하나 제안할게."

"게임이요?"

"'스무고개'라는 게임 알지? 내가 문제와 정답을 준비하면 넌 예스나 노로 대답할 수 있는 질문을 최대 스무 번까지 제시할 수 있어. 그 안에 정답을 맞힌다면 네가 이기는 거야. 간단하지?"

"그걸 한다고 저한테 무슨 이득이 있는데요?"

"진실을 추구하는 기개와 올바른 선택을 위한 능력을 기를 수 있지. 좀 더 이해하기 쉬운 이점이 뭔지 알고 싶은 거라면, 이건 어때?"

그녀는 책상 위에 있는 지갑에서 지폐 한 장을 꺼내더니 내게 내밀었다. 샐러리맨에게 던진 것과 같은 액수의 지폐였다.

"네가 망가뜨린 꽃값이야. 거스름돈은 필요 없어. 불의의 사고이긴 하지만, 이대로 빈손으로 돌아가면 아까 그 남자애한테 배상해달라고 요청해야 할지도 모르잖아."

"그건 뭐……, 그럴 수도 있겠죠."

나는 돈을 받은 뒤 잔돈을 꺼내 책상에 올려두었다. 꽃값을 준 건 고마웠지만, 역시나 내 실수인데 꽃값보다 몇 배나 되는 팁을 받을 만큼 나는 뻔뻔하지 않다. 다만, 그 고마움의 대가로 나는 그녀의 제안을 거절하기 힘든 처지가 되어버렸다. 그거야 기브앤테이크 차원에서 허용할 수 있다고 하더라도 한 가지 이해되지 않는 점이 있었다.

"그런데 그쪽이 이 게임을 해서 얻는 이익은 뭐죠?"

"하토, 어떤 일에서나 의미나 이익을 찾으려 하는 건 나쁜 습관이야. 네 나이 또래의 남자애들은 나 같은 미모의 어른 누나랑 단 둘이 있을 수 있는 기쁨을 만끽하면 돼."

과장된 말투에 나는 삐딱하게 물었다.

"한가하신가 봐요?"

"하하하, 인생이란 죽을 때까지 이어지는 기나긴 시간 낭비니까."

유쾌한 듯 웃는 그녀가 어이없게 느껴지면서도, 오랜 입원 생활 탓에 무료한 것이라면 순순히 응하기도 망설여졌다. 하지만 문제는 그녀와 내가 각자 쓸 수 있는 자유 시간이 같지 않다는 것이었다.

"하지만 전 일하는 중이라서 슬슬 가게로 돌아가야 해요."

"적당히 게으름을 피우는 것도 중요하다고. 하긴, 확실히 좀 여유를 부린 것 같긴 하네. 뭐, 조만간 또 주문할 테니까 그때 다시 천천히 이야기 나눌까?"

그녀는 양손을 펼치며 말했다.

"게임의 문제는 '내가 이 병원에 입원한 이유'야. 하토, 다음번에는 어떤 질문을 할지 생각해서 오라고."

일단 오늘은 이쯤에서 놓아 줄 모양이었다. 식어버린 커피를 단숨에 들이켠 뒤 나는 의자에서 일어섰다.

"커피 잘 마셨습니다. 그만 가볼게요."

나는 병실 문을 열기 전에 멈춰 돌아보았다. 점장에게 잔소리를 듣기 전에 서둘러 돌아가야 했지만, 배달 예정 시간은 어차피 이미 지나버렸다. 몇 분 더 늦어진들 바뀌는 건 없을 것이다. 나는 침대에서 쉬고 있는 그녀에게 말을 걸었다.

"있잖아요, 소노 씨."

"성으로 부르지 말아 줄래? 난 내 성이 싫거든."

정말이지 이래저래 주문이 많은 손님이다. 이름까지는 기억하지 못해서 나는 대명사로 타협했다.

"좋아요, 그런데 당신은 어째서 저한테 그렇게까지 신경을 써주는 거죠?"

세탁비와 망가뜨린 꽃값을 대신 내주더니 수수께끼 같은 게임을 하자고 제안하지를 않나, 도무지 그녀의 행동에서 합리성이라고는 찾아볼 수 없었다. 단순히 시간이나 때

울 요량이라면, 굳이 나처럼 붙임성 없는 꽃집 점원을 붙잡을 필요가 있을까? 그녀는 자리에서 반쯤 일어나더니, 책상 위에 놓여 있던 분홍색 베고니아에 손을 뻗어 꽃잎을 가만히 어루만지며 말했다.

"그때 네가 말이야, 샐러리맨이 아니라 바닥에 떨어뜨린 꽃을 향해 사과하고 있는 것처럼 보였거든."

자전거 페달이 부서져라 밟아서 일터인 구와바타 생화점에 도착했을 때는 온통 땀범벅이 되어버렸다. 살찐 너구리를 연상시키는 점장은 복귀가 늦은 나를 타박하기는커녕 평소와 다를 바 없이 싱글벙글한 얼굴로 맞아주었다.

"어서 와라, 하토. 배달은 어땠지?"

"네, 별일 없었어요."

점장은 잔돈 파우치 속의 돈과 영수증을 확인한 뒤 만족스러운 듯 고개를 끄덕였다.

"틀림없군. 고생했다."

점장의 확인을 받고 나서 나는 꽃의 물갈이와 재고 정리 작업을 이어갔다. 꽃집 알바라고 하면 분위기가 화사해서 여자들이 선망할 직장이라는 인상을 갖기 쉽지만, 실제로는 흙내를 종일 맡아야 하는 중노동이다. 물이든 흙이든 묵직한 데다, 손톱 틈새가 새카맣게 되는 건 피할 수 없다. 장갑을 두 겹이나 껴도 소용없다. 물론 잡생각이 들지 않아 나로서는 속 편한 일이긴 했다. 마감 전 바닥 청소를 시작하면서 나는 점장에게 말을 걸었다.

"점장님, 오늘 배달한 손님 말인데요. 조만간 또 주문하시겠대요. 그러니 다음 배달도 제가 다녀와도 될까요?"

"그래? 그건 상관없는데, 어째서 또……, 아아, 그런 거로군."

점장은 손가락을 턱에 대면서 능글맞게 웃었다.

"하토, 너도 여간내기가 아니구나. 전화 속 목소리, 젊은 여자 같던데. 설마 첫눈에 반하기라도 한 거냐?"

"그런 거 아니에요. 이유는 모르겠는데, 손님이 제게 이야기 상대가 되어달라고 했어요."

"흠, 뭐 지금은 그런 걸로 해두자고."

무슨 말을 해도 믿으려 하지 않는 점장을 보며 나는 그가 눈치 채지 않게 작게 한숨을 내쉬었다. 어째서 어른들은 남녀 관계를 연애 문제로만 엮고 싶어 하는 걸까. 그런 생각을 해본 적이 없는 나로서는 완전 이해 불가였다.

"정말 그런 거 아니라니까요. 적당히 배달하고 돈 받은 뒤 곧장 돌아올게요."

"하토, '적당히 배달하겠다'라는 말은 농담으로라도 하지 말았으면 좋겠구나."

차갑게 돌변한 점장의 말이 귓전을 때려서 나는 고개를 들었다. 좀 전까지의 설렁설렁한 태도가 거짓말이었던 것처럼 점장은 굳은 표정으로 말을 이었다.

"우리 같은 영세한 가게는 말이다, 한 사람 한 사람의 신뢰 관계가 무엇보다도 중요한 법이야. 직원인 우리가 불성실한 태도로 응대한다면 그 손님은 두 번 다시 우리 가게를 찾지 않을지도 모른다. 네 짐작보다도 손님들은 훨씬 눈치가 빠르고, 또 영향력도 무시할 수 없으니까."

"죄송합니다. 말이 헛나왔어요."

나는 곧바로 사과했다. 종업원으로서 월급을 받는 이상, 가게 매출에 손해를 입히는 짓은 해서는 안 된다. 내 기분과는 별개로 손님한테는 늘 성실하게 행동하도록 유념해야 한다. 그러자 점장은 표정을 풀고 온화하게 웃었다.

"그래, 솔직한 게 너의 좋은 점이야. 어쨌든 주문 건은 그렇게 하마. 배달은 너한테 맡기지. 손님이 만족할 때까지 천천히 이야기를 들어주고 와라."

"네? 하지만 배달 말고도 가게에 할 일이······."

"그런 건 걱정하지 않아도 돼. 손님과 신뢰 관계를 쌓는 것도 중요한 일이야. 언제나 성실하게 일해줘서 고맙기도 하고, 잠깐 한숨 돌리는 셈 치고 느긋하게 보내다 와."

여유 있게 일할 수 있게 되었지만 마냥 기쁘지만은 않았다. 인정머리 없이 구는 것도 싫지만 과한 친절도 내키지 않는다.

"월급 받으려고 일하는 건데요. 감사 받을만한 일은 아니죠."

"정말이지 넌 너무 솔직한 게 탈이라니까……."

점장은 복잡한 표정으로 중얼거리더니 근처에 있던 코스모스 화분을 집어 들었다.

"난 말이다, 네가 좀 더 즐겁게 일을 해줬으면 좋겠다. 꽃집 일이 재미가 없는 거냐? 꽃, 안 좋아해?"

나는 바닥 청소에 몰두하는 척하면서 점장 쪽은 쳐다보지도 않고 말했다.

"제 기분이 어찌 됐든 딱히 할 일은 바뀌지 않으니까요."

집 현관문을 여는 순간 늘 우울해진다. 집에서 느끼는 안정감이라는 기분을 나는 잘 모른다. 오히려 내게 집은 가장 마음이 안정되지 않는 공간이다. 어쩌면 오늘은 원래대로 돌아와 있지 않을까? 한 가닥 희망을 걸고 문을 열지만 매번 코를 찌르는 풀냄새에 낙담하고 만다. 매일 반복되는 일이다.

"어서 오렴, 하토. 오늘도 일하느라 고생했네! 저녁, 다 됐단다!"

"어, 저녁 말이지?"

나를 환한 미소로 맞아주는 엄마. 누군가에게는 이상적인 가정처럼 보일지도. 복도에 어지러이 늘어선, 이상하리만치 많은 관엽식물이 없다면 말이다. 복도뿐만이 아니다. 정원은 물론이고 주방, 거실, 욕실 옆 탈의공간까지도 식물에 완전히 점령당해서, 우리집은 흡사 밀림이나 식물원에 가까웠다. 내 집 마련의 꿈을 이루고 세 식구가 행복하게 살던 시절의 모습은 이제 무엇 하나 남아 있지 않다. 나는 방에 가방을 던져놓고 허울뿐인 식사를 위해 주방으로 향했다.

식탁에 차려진 '저녁밥'은 양배추 초절임, 당근 소테, 시금치 수프. 나는 토끼 먹이가 아닌가 싶은 음식들을 불평 한마디 없이 위장에 집어넣는다. 착실하게 앉아서 복스럽게 먹는 내 모습을 뿌듯하게 바라보는 엄마 앞에서, 나는 '맛있다'라는 말을 쥐어짜내며 계속 젓가락질을 할 수밖에 없다.

수프의 간은 소금과 후추로 흉내만 냈고 식용유는 올리브유를 썼다. 너무 익혀 곤죽이 되다시피 한 시금치의 식감은 최악이어서, 나는 제대로 씹지도 않고 마시듯 삼킨다. 이럴 바에야 생으로 먹는 편이 훨씬 낫겠다. 반대로 당근은 제대로 익지도 않았다. 올리브유 범벅이 된 당근을 어적어적 씹어 먹고 있으면, 정말 토끼라도 된 것 같다. 식초에 절인 양배추는 너무 신 나머지 도저히 먹을 수 없는 지경이라 입 안에 남은 수프로 어떻게든 희석해야 한다. 입 안에 번지는 미지근한 신맛이 뭐라 표현할 수 없는 구역질을 유발하지만 참아야 한다. 식초가 건강에 좋다지만, 엄마가 두 사람 몫의 초절임을 만들기 위해 식초 한 병을 통째로 사용할 거라고는 제조업체 측에서도 예상하지 못했을 것이다.

밥도 고기도 생선도 없이 채소만 먹으려니 목구멍으로 잘 넘어가지 않는다. 더구나 애를 써가며 억지로 음식을 위장에 밀어 넣은들 한 시간도 채 지나지 않아 다시 극심한 공복에 시달린다. 그렇다 보니 이 식사가 그냥 식사가 아닌 고행(苦行)처럼 느껴진다. 그러다 나는 방의 구석에 놓인 낯선 꽃을 발견했다.

"엄마, 또 화초 들였어?"

내가 묻자, 엄마는 양배추처럼 생긴 기묘한 꽃 화분을 들어 내 눈앞에 내밀었다.

"어머나, 용케 알아봤구나! 모란채라고 하는 건데, 양배추의 일종이래. 가게에서 종종 눈에 띄길래 분명 너도 마음에 들어 할 것 같아 사 왔단다! 특이하고 예쁘지?"

엄마는 설명하느라 정신이 팔려서 화분의 흙이 내 무릎에 튄 것도 모르는 눈치다. 흙 속에서 뭔가가 꿈틀거리는 모습이 눈에 들어와 무심코 시선을 돌렸다. 음식에 벌레가 섞여 들어가는 일만은 없을 거라 믿고 싶다.

"저기, 엄마. 집에 식물을 늘리는 건 이제 슬슬……."

거기까지 말했을 때 집안 공기가 갑자기 싸늘해지는 걸 느꼈다. 미소를 짓고 있던 엄마는 순식간에 가면이라도 쓴 것처럼 무표정한 얼굴로 따져 물었다.

"슬슬, 뭐?"

나는 지뢰 바로 위로 한 걸음 내딛으려다가 슬며시 안전 지대로 발을 옮긴다.

"슬슬, 겨울이 다가오니까 시들지 않도록 조심해야겠다고."

"맞아, 그렇지! 네가 이렇게 세심한 애라서 기쁘구나. 근데 그건 괜찮으니 안심하렴! 안내서대로 비료랑 온도 관리만 잘하면 겨울을 무사히 보낼 수 있대."

겨울 동안 전부 말라버렸으면 좋겠는데. 나는 조금도 배가 차지 않는 식사를 의무적으로 이어가면서 엄마의 이야기를 흘려들었다.

우울한 기분으로 방에 돌아와 가장 먼저 창문을 열고 환기를 시켰다. 그렇지 않아도 비좁은 방에 무식하게 큰 고무나무, 행운목들이 놓여 있어서 숨이 막힐 지경이다. 식물이

호흡한다는 사실을 이렇게나 몸소 체험하고 있는 고등학생
은 전국에서 나뿐일 것이다.

나는 책상에 숙제를 펼친 뒤 몰래 사 온 편의점 치킨을
가방에서 꺼내 크게 한입 베어 먹었다. 맛있는 냄새의 향신
료와 부드러운 닭다리의 식감이 입에 남은 풋내와 불쾌감
을 모조리 날려버렸다. 제대로 된 단백질을 섭취하니 그제
야 위장이 안정을 되찾은 듯했다.

어디선가 나타난 날파리가 치킨에 달려들어서 나는 반
사적으로 손을 휘저었다. 그때 손가락이 미끄러지는 바람
에 그만 치킨 봉지를 떨어뜨렸다. 그 순간 방 바깥에서 엄
마의 발소리가 들려와 나는 허둥지둥 치킨을 쓰레기통에
처박았다. 종잇조각으로 엉성하게 쓰레기통을 덮자마자 노
크도 없이 방문이 열렸다.

"하토, 꽃집 일 때문에 피곤하지? 체리 사 왔는데 같
이……, 어머, 뭔가 이상한 냄새 안 나니?"

"차, 창문을 열어놔서 그런가? 이웃에서 밥 짓는 냄새일
거야, 아마."

순간적으로 아무 말이나 지껄였더니 엄마는 곧바로 창
문을 탁 닫아버렸다. 그러더니 숙제하는 척하는 내 옆에 무
릎을 꿇고 내 뺨에 양손을 대며 말했다.

"하토, 엄마는 말이야, 널 의심하는 말 같은 건 하고 싶지

않은데······, 엄마 몰래 이상한 걸 먹거나 하는 건 아니겠지? 안 된다. 기름진 음식이나 단 음식처럼 몸에 해로운 걸 먹었다간 아빠처럼 죽어버릴지도 모르니까. 배고프면 언제든 말하렴. 내가 뭐든 건강한 식사를 만들어 줄 테니까.”

당장이라도 눈물을 흘릴 듯이 눈이 촉촉해져서 진심으로 나를 걱정해 주는 게 느껴진다. 그리고 나는 그 사실이 견딜 수 없이 숨 막힌다. 다정하지만 않으면 실컷 미워하기라도 할 수 있을 텐데.

“알았어. 그보다 나, 공부해야 하니까 체리는 내일 아침에 먹을게.”

대화를 끊으려고 일부러 숙제로 시선을 돌리자, 엄마는 웃으며 나를 놓아주었다.

“그래. 하토는 엄마 마음을 잘 아니까. 이해심 많은 아들을 둬서 엄만 정말이지 행복하구나.”

손가락으로 눈가를 훔치는 엄마는 눈앞에 날아다니는 날파리 따위는 개의치 않는다. 엄마가 말하길, 벌레가 접근할 만큼 생명력 있는 공간이라서 오히려 기쁘다나.

방을 나선 엄마의 발소리가 멀어졌을 때 쓰레기통에 덮어둔 종잇조각을 치우고 치킨을 확인했다. 기름을 잔뜩 머금은 치킨에는 지우개 가루와 휴지가 들러붙어서 다시 먹을 만한 상태가 아니었다.

기대가 빗나간 나머지 낙담한 위장의 본능대로 나는 책상을 주먹으로 내리쳤다. 손이 아파서 기분만 더 언짢아졌다. 혀에 남은 풋내를 떨쳐내려고 나는 집요하게 혀를 이빨에 세게 문질렀다.

　처음에는 이렇지 않았다. 2년 전 아버지가 심부전으로 갑작스럽게 돌아가신 뒤로 우리집은 삐거덕거리기 시작했다. 배우자를 잃은 엄마는 비탄에 빠져 지내다가 마음의 틈을 메우려고 인터넷 서핑과 오프라인 모임에 몰두했다. 당시 나는 조금이나마 엄마의 슬픔이 아물기만을 바라며 조용히 지켜봤다.

　하지만 안일한 생각이었다. 아차 싶었을 때 엄마는 인터넷 건강 모임에 푹 빠져 있었고, 그 모임의 수상쩍은 리더의 의견을 따라 순식간에 우리집은 초록빛에 잠식당했다. 확실히는 모르지만, 식물이 발산하는 마이너스 이온이 자율신경을 조정해서 자연스레 정신적인 성장을 이룰 수 있게 도와준다고 한다. 대체 무슨 헛소리냐고! 흙냄새가 진동하는 이런 집에서 자율신경의 안정이 가능할 리가 없다.

　식물을 키우는 것에서 그쳤다면 그나마 괜찮았을 텐데. 하지만 식물 테라피와 함께 엄마가 유기농 식재료만 고집하게 되면서 나의 비극은 최고조에 달했다. 고기나 생선이나 탄수화물이 완전히 자취를 감춘 대신, 오늘 저녁 메뉴처럼 토끼 먹이와 다를 바 없는 채소 종류만이 식탁에 올랐다. 성장기인 데다 왕복 10킬로미터 거리의 학교까지 자전거로 통학하는 나로서는, 이러한 방식의 식사로 만족할 수가 없었다. 아버지의 사인이 성인병이었다는 사실에 대한 충격 때문이라지만, 이토록 극단적으로 식단을 제한하면 오히려 몸에 독이 될 뿐이다. 실제로 예전과 비교하면 나는 요즘 들어 복통이나 설사에 자주 시달렸다.

제대로 된 식사를 하기 위해 나는 아르바이트를 시작했다. 꽃집을 고른 건 꽃을 좋아해서가 아니라 고등학생인 내가 일하려면 보호자의 허락이 필요해서였다. 정크푸드를 눈엣가시로 여기는 엄마가 편의점이나 패밀리레스토랑에서 일하는 걸 허락할 리가 없었다. 업무 내용이나 인간관계에 불만은 없으니 어쨌든 결과적으로는 좋았지만.

하지만 앞날을 생각하면 우울해졌다. 엄마의 광적인 식물 사랑은 수그러들기는커녕 점점 심해지고 있었다. 이런 환경에서 과연 제정신으로 지낼 수 있을까? 엄마의 통제에서 벗어나 건실한 어른이 될 수 있을까?

'당연히 바뀌지.'

'인생이 풍요로워지지.'

그런 무책임한 말을 떠올렸더니 느닷없이 화가 치밀어 올랐다. 세상 물정 모르는 듯한 부잣집 환자가 잘난 척 떠들어낸 말. 나는 숙제 뒷부분을 대충 마무리한 뒤 불을 끄고 침대에 몸을 던졌다. 벌레가 날아다니는 소리를 차단하려고 이불을 뒤집어쓴 채 몸을 웅크렸다.

선의가 인생을 풍요롭게 한다는 말은 거짓이다.

스무고개 게임

쓸데없이 메뉴가 많은 음식점을 그다지 신뢰하지 않는다. 선택지가 많아 봤자 결국 먹을 수 있는 건 하나뿐인 데다 그리 자주 가지도 않으니까. 그러니 자신 있게 추천할 수 있는 메인 요리를 제공하는 곳을 선호한다. 단골보다는 처음 방문하는 손님을 가장 맛있는 요리로 사로잡으려는 고민을 하는 곳, 그런 곳이 좋다. 목조로 만들어진 세련된 이탈리아 레스토랑은 분위기도, 음식 준비하는 냄새도 괜찮았기 때문에 기대치는 높았다.

'이 가게, 꽝이잖아.'

주문한 카르보나라를 한 입 먹었을 때 나는 냉정하게 평가했다. 물론 엄마가 만든 토끼 먹이와는 비교할 수 없을 만큼 맛있었다. 그러나 만 원 넘는 돈을 낼 가치가 있냐고 묻는다면, 전혀 아니었다. 파스타 면은 너무 불었고, 생크림 상태가 나빴는지 화이트소스는 싱거웠다. 베이컨으로 간을 맞추는 조리법인 듯한데 내 입맛에는 맞지 않았다. 맛집 사이트에서는 평점이 높았는데, 이 정도 맛이라면 예전에 갔던 파스타 체인점이 오히려 나았다. 하긴 고급스러운 인테리어나 화려한 플레이팅은 요즘 사람들에게 높은 점수를 받을 수 있는 요소이긴 하니까. 결국 그걸 믿고 따라온 내게도 잘못은 있었다.

대단한 미식가라도 되는 것처럼 감상을 늘어놓긴 했지만, 음식에 민감한 편은 아니었다. 하지만 엄마가 채식에 눈을 뜬 뒤부터 엉뚱하게도 내 입맛이 고급이 된 기분이었다. 예전에는 좀 더 다양한 음식을 거리낌 없이 맛있게 먹었던 것 같은데, 이제는 미세하게 섞인 불순물의 맛이나 식감이 신경 쓰인다. 혀가 민감해진 건지, 그저 단순히 내 미각이 둔해진 건지.

안이 훤히 들여다보이는 주방에서 요리에 열중하는 셰프를 유감스러운 마음으로 바라본다. 차라리 내가 직접 요리하고 싶다. 내가 좋아하는 음식을 맘껏 만들어서 먹고 싶다. 그리고 내 최고의 음식을 손님한테 평가받고 싶다. 그런 마음이 들었다.

생각을 멈추고 남은 파스타를 단숨에 먹어 치웠다. 꽃집 업무와 집에서의 고행을 앞둔 몸에는 귀중한 탄수화물이다. 식사를 마치고 계산대로 가서 트레이 위에 계산서와 돈을 놓았다. 젊은 여직원이 잔돈을 일일이 손으로 건네주더니 내게 머리 숙여 인사했다.

"감사합니다! 안녕히 가세요. 또 오세요!"

"안녕히 가세요!"

주방에 있던 남자 셰프까지 미소를 지으며 인사했다. 나는 어정쩡한 눈인사를 보인 후 가게를 나왔다. 여전히 충족되지 않는 식욕에 시달리던 나로서는, 종업원의 세심한 응대가 순간 성가시게 느껴졌다. 인사가 아니라 좀 더 요리쪽에 힘을 쏟을 것이지.

꽃집으로 돌아와서 주문용 꽃을 자전거 짐칸에 싣고 일주일 만에 소노 씨 병실을 방문했다. 오늘 배달한 건 토레니아라는 꽃이었다. 나팔처럼 가늘고 긴 보라색 꽃잎이 특징인데, 역시나 꽃병용이 아닌 화분으로 보내달라는 요청을 받았다.

나는 그녀에게 질문을 건넸다.

"병 때문에 입원했나요?"

"예스. 말해두지만, 외상은 아니야."

"머리 쪽 병이에요?"

"노."

"심장?"

"노."

"그럼, 간?"

"노."

"신장?"

"노."

"그러면 남은 건, 췌장인가?"

"오, 예스야. 드디어 맞혔군."

"그러면 제가 이긴 거죠? 그만 가볼게요."

말이 끝나자마자 둥근 의자에서 일어나려는데 그녀가 날 붙잡았다.

"기다려 봐. 넌 환부가 어딘지만 맞춘 거잖아. 그럴 거면 장기를 모조리 열거하기만 해도 게임이 끝나버리는데 무슨 재미가 있겠어? 구체적인 병증을 맞힐 때까지는 네가 이긴 게 아니지."

"그렇지만 제겐 의학적 지식이 전혀 없는데요."

"걱정하지 마. 내가 걸린 병은 엄청 알기 쉬우니까. 남은 열네 개의 질문들을 적절히 사용하면 너라도 분명 맞힐 수 있을 거야."

의기양양한 말투가 왠지 기분 나빠서 나는 까칠하게 물었다.

"저기요, 이거 진짜 의미 있는 거 맞아요?"

"학교 공부 같은 거지. 쓸모없다고 잘라버릴지, 뭔가가 되게 할지, 모든 건 네게 달렸어."

사무용 의자에 당당히 앉아 있는 모습은 그 가지런한 용모도 한몫해서 환자라기보다는 의사처럼 보였다. 내 성격을 바로잡으려 한다는 의미에서도 꼭 틀린 느낌은 아닐지도 모른다. 세탁비와 꽃값의 빚을 진 이상, 쉽사리 그녀를 무시할 수 없었다. 마지못해 자리에 앉으며 나는 질문 게임을 이어갔다.

"알았어요. 선천적인 병이에요?"

"예스. 질환이 발견돼서 치료를 시작한 건 초등학교 때부터고."

"췌장 기능이 쇠퇴하는 건가요?"

"노. 뭐, 방치했을 경우 궁극적으로 다다르는 지점이라는 의미에서는 그렇다고 볼 수도 있지."

"그럼, 반대로 너무 기능이 강해지는 건가? 소변이 과하게 배출된다든가."

"노야. 그런데 그쪽 관련 대사는 췌장이 아니라 신장 기능이야."

"그런가요? 죄송해요, 지식이 얕아서."

"하하, 그렇다고 삐지진 마. 모르는 걸 부끄러워할 게 아니라 좀 더 똑똑해졌다고 생각하면 되는 거야."

"삐지지 않았는데요."

그녀는 웃으며 나를 달래고는 검지를 세웠다.

"좋아, 힌트를 주지. 췌장 질환이라는 건 일단 잊어버려도 좋아. 그런 건 시시할 뿐이니까. 내 몸속에는 장기의 이상 기능으로 인해 애당초 절대 존재할 수 없는 무언가가 생성되고 있어. 그 무언가라는 게 뭘까? 단서는 이미 얼마든지 있으니까. 자아, 선입견을 버리고 유연하게 생각해 보라고."

빙빙 돌려 말하는 투가 마음에 들지 않았다. 하지만 답을 맞히지 못한 채 패배를 인정하는 것도 열 받는 일이었다. 몸 안에 존재할 리 없는 건 얼마든지 있는데…… 힌트를 찾아 헤매다가 병실 곳곳에 늘어선 화분의 꽃들이 눈에 들어왔다. 꽃을 주문하는 그녀, 그리고 단서는 이미 많이 있다? 엉뚱한 대답이라는 생각이 들긴 했지만, 그래도 나는 물었다.

"그 무언가라는 건 이 병실 안에도 있는 건가요?"

"예스. 눈치 챘어?"

나는 도전적인 시선을 뿌리치며 대답했다.

"혹시, 몸 안에서 식물이 자라는 거예요?"

막상 입 밖으로 내뱉고 보니 어쩐지 기묘하게 들려서 나

는 살짝 후회했다. 하찮은 퀴즈 게임일지라도 오답 때문에
웃음거리가 되는 건 기분 좋은 일이 아니다. 하지만 그녀가
활짝 웃으며 대답했다.

"예스야! 대단한데. 뒷말할 필요도 없는 완벽한 정답이
야, 하토."

그녀는 손뼉을 치며 정답을 맞힌 걸 진심으로 축하해 주
는 것 같았다. 그 모습을 보자 안도감과 함께 묘한 성취감
이 일었다. 그녀는 췌장이 있을 듯한 위치에 손을 대고 말
했다.

"원발성 조상종. 그게 내 병명이야. 몸속에서 식물의 주
성분인 셀룰로스가 생성되지. 담쟁이덩굴과 가시나무가 내
장이나 혈관에 섞인 채 뻗어나가는 광경을 상상하면 돼."

"처음 들어요, 그런 병."

"그렇겠지, 발병 사례가 이 세상에 나밖에 없거든. 초희
귀병인 셈이지. 하지만 어떤 병인지는 이해하기 정말 쉽지?
말 그대로, 난 식물인간인 셈이야."

그 어투에는 이상하게도 비관적인 느낌은 없었다.

"어쩌다 그런 병에 걸린 거죠?"

"내가 걸리고 싶었겠어? 이유는 신이나 내 유전자에 물
어보라고."

"죄송해요, 바보 같은 질문이었네요."

"무슨, 내가 더 미안. 농담이었는데, 넌 참 진지한 타입이구나?"

그녀는 가볍게 손사래를 쳤다.

"설명하자면, 췌장에는 글루코스, 즉 포도당을 글리코겐이라는 물질로 바꾸거나 반대로 글리코겐을 글루코스로 되돌리는 혈당 조절 기능이 있지. 그런데 내 몸은 셀룰로스를 만들어 내는 불필요한 기능까지 갖춘 셈이지. 셀룰로스는 인체에서 분해되지 않으니까 내버려두면 몸 속에 쌓이거나 몸 밖으로 뚫고 나오기도 해. 그래서 정기 수술로 제거해야 하지."

셀룰로스라는 물질에 대해서는 생물 수업에서 배운 것 같았다. 하지만 식물의 주성분이 인체에서 소화되지 않는다는 사실은 처음 알게 되었다. 채소나 음식의 섬유질이 몸에 좋다는 이미지가 있어서였는지 조금 의외였다. 평소 착용하는 장갑도 그 병과 관련된 걸까? 나는 그녀의 손끝을 물끄러미 바라보며 물었다.

"고칠 수 없는 병이에요?"

"어렵겠지. 아무래도 발병 사례 자체가 거의 없다 보니 제약회사에서도 본격적으로 연구에 몰두할 생각은 안 할 거야. 그래도 나름 증상에 대응해 치료하면서 여차여차 살아가고 있어. 의료의 진보는 정말 대단하다니까."

"다행이네요, 목숨이 걸린 병은 아니라서."

그러자 그녀가 기다란 눈매의 눈동자로 나를 지그시 바라봤다.

"의외네. 넌 생판 남인 내 생명 같은 건 신경도 안 쓸 줄 알았는데."

"뭐예요, 그런 말은? 영화나 드라마에서도 사람이 죽으면 슬퍼지잖아요. 사람이라면 당연히 그렇게 느끼지 않겠어요?"

그렇게까지 감정이 없는 사람은 아니라고 항변하며 내가 살짝 발끈해서 되받아쳐도, 그녀는 눈 하나 깜빡 않고 질문을 이어나갔다.

"내가 죽으면 넌 슬플 것 같아?"

"……. 죽는 병이 아니잖아요?"

빤히 바라보는 시선이 불편해져서 은근슬쩍 나는 고개를 돌려버렸다. 이 사람의 눈빛은 어쩐지 거북하다. 내 마음속을 거침없이 파고드는 것만 같다. 잠시 후 그녀는 책상 위에 있던 알약을 페트병의 물로 흘려 넣듯 삼킨 뒤 긴 한숨을 내쉬었다.

"태어났을 때부터 너나 나나 치사율은 백 퍼센트야. 결국 그런 거 아니겠어?"

"어떻다는 건데요?"

"뭐, 오늘은 이 정도로 해두자. 다음에 또 너랑 게임할 날을 기대하고 있을게, 하토."

멋대로 이야기를 시작하더니 마음대로 끝을 맺어버린다. 정말이지 기가 막힐 정도로 제멋대로인 사람이다. 가게로 돌아갈 채비를 하면서 나는 일부러 귀찮다는 투로 물었다.

"이 게임, 계속할 거예요?"

"물론이지. 중요한 손님의 부탁인데 거절하면 안 되잖아?"

가만히 생각하면 넉살 좋게 받아치는 그 태도가 존경스러울 정도였다. 점장의 허락으로 땡땡이를 칠 수 있으니 횡재했다고 생각했는데, 이럴 거면 차라리 가게에서 육체노동을 하는 게 편할지도 모른다. 손님이라서가 아니라 클레임 건으로 신세를 져서 요구에 응해주는 것뿐이었지만, 막상 그런 말을 듣고 보니 피차일반이라는 생각이 들었다. 교묘하게 인과관계를 바꿔 말하는 모습이 못마땅해서, 나는 빈정대는 말투로 소심하게 저항해 봤다.

"'고객은 신'이니 어쩌니 하는 건 구닥다리거든요."

"그 생각에는 찬성이야. 난 신이 엄청나게 싫거든."

"싫은 게 많으시네요. 신에게 악담하면 천벌 받아요."

"그런가? 하지만 공교롭게도 난 그 위대한 신한테 배반당해서 호되게 당하는 쪽이라."

당연히 나의 충고 같은 건 조금도 개의치 않아 하는 눈치다. 이 사람은 분명 죽은 뒤에 신을 만나도 이렇게 깐깐하게 굴 것 같다.

병원에서 나와 보관소에 세워둔 자전거의 열쇠를 풀었다. 병원 부지를 벗어나 자전거를 힘차게 밟아 꽃집으로 돌아가는 중에도 여전히 나는 그 사람과 마주하고 있는 기분이었다. 아마도 그 말 때문이겠지.

'내가 죽으면 넌 슬플 것 같아?'

그런 건 왜 물어본 걸까? 사람이 죽으면 슬프냐니, 그야말로 너무 뻔해서 물어볼 필요도 없는 당연한 일 아닌가? 하지만 나도 그냥 "네"라고 대답했으면 그만이었을 텐데, 왜 아무 말도 못했을까?

화분으로 꽉 찬 집에서 나는 커다란 접시에 산처럼 쌓인 채소를 묵묵히 입으로 날랐다. 채소를 이만큼이나 먹는데도 금세 배가 고파지는 게 늘 이상했는데, 체내에서 거의 소화되지 않아 그렇다는 걸 알고 나니 수긍이 간다.

밥이라도 있으면 그나마 낫겠지만, 지금의 내게는 이룰 수 없는 바람이다. 채식을 시작할 때 엄마는 '밥 한 공기 분량의 쌀에는 각설탕 몇 개분에 해당하는 당질이 포함되어 있다'라는 이유로 집안의 모든 쌀을 쓰레기통에 처넣어 버렸으니까. 식사를 마치고, 나는 엄마의 안색을 살피면서 말을 꺼냈다.

"엄마, 복도에 있던 상자는 뭐야?"

오늘 아침에 집을 나설 때만 해도 없었다. 통신판매로 샀겠지. 복도를 절반이나 차지하고 있어서 지나다니기에 걸리적거렸다. 복도에 있던 화분은 거실이나 다른 방으로 옮겨둔 모양이었다.

엄마는 식탁 위에 있던 2리터짜리 페트병을 들더니 흡사 온라인 쇼핑몰의 진행자라도 된 것처럼 설명을 늘어놓기 시작했다. 라벨에는 난생 처음 보는 브랜드의 로고가 큼지막하게 인쇄되어 있었다.

"스위스에서 수입한 미네랄워터란다. 해발 천 미터 이상의 산에서 솟아나는 용천수인데, 경도 십 미만인 굉장히 좋은 경수야. 늘 마시던 물이랑은 다르게 맛있지? 정기 배달 신청했으니까 이젠 이걸 마시고 관엽식물에 물을 줄 때도 사용하렴. 수돗물 같은 건 실수로라도 마시지 말고."

"화분에 물을 줄 때도 쓰라고? 너무 비싸지 않겠어?"

아버지의 유산이 있어서 당장 생활이 곤란하지는 않더라도 쓸데없는 곳에 돈 쓸 여유까지는 없을 텐데. 엄마는 지금 직장이 없는 데다 매주 다니는 건강 모임의 회비도 비싼 것으로 알고 있다. 엄마는 심란한 표정의 나를 달래듯 부드러운 목소리로 말했다.

"정말이지 넌 걱정이 많다니까. 돈 문제에 신경 안 써도 돼. 돈이라는 건 삶과 목숨을 지키기 위해 써야만 하는 거란다. 식물도 우리와 마찬가지로 살아있는 생명인데 좋은 물을 먹이지 않으면 가엾잖아. 안 그러니?"

"그렇겠지."

이렇게 된 이상 무슨 말을 해도 소용없다. 낙담한 채 나는 고분고분 수긍했다. 그러면서 용천수 어쩌고 하는 이름의 이 물이 사기만은 아니길 진심으로 바랐다. 내 마음 따위는 알 리 없는 엄마가 몸을 내밀며 더 열심히 떠들기 시작했다.

"하토, 그거 아니? 수돗물은 말이야, 수도관의 녹 때문에 무척이나 더럽단다. 카페 선생님이 영상을 보여주셨는데 깜짝 놀랐어. 그런 곳을 통해 오는 물을 마셨다간 건강을 해치고 말거야. 생각만으로도 끔찍하구나. 정부는 대체 뭘 하는 건지 모르겠다. 엄만 저런 물로는 손도 씻기 싫어."

"그러게, 나도 처음 알았네."

설사 그게 사실이라 한들, 난 수도관의 녹이 인체에 크게 해를 끼치지는 않는 모양이라고 느낄 뿐이겠지만. 할당량은 먹었으니 쓸데없는 스트레스를 더 받기 전에 그만 일어나야겠다고 생각했다.

"잘 먹었어요."

식기를 치우고 방으로 돌아가려는데 엄마가 물었다.

"그러고 보니 이제 곧 학부모 진로상담이지?"

"아, 뭐……."

"사회 경험을 위해 아르바이트를 하는 것도 좋지만, 지금이 가장 중요한 시기니까 정신 똑바로 차려야 한다. 진로는 어떻게 정할 생각이니?"

화기애애하게 대화를 나누는 광경이 그려지지 않아서 나는 애매하게 얼버무리려 했다.

"지금은 당장 숙제부터 해치워야 하니까 그때가 되면 말할게."

"안 돼, 지금 제대로 말해 보렴. 장래 이야기도 같이 나눌 수 없으면 그게 무슨 부모 자식이니?"

강한 어조로 붙잡으면 따를 수밖에 없다. 나는 솔직하게 말할지 적당히 거짓말로 넘어갈지 망설이다가 대답했다.

"요리전문학교에 입학해서 요리사가 되고 싶어."

엄마는 눈을 휘둥그레 뜨고는 잠시 말을 잃었다.

"뭐? 요리사? 어째서? 그런 말 한 번도 한 적 없잖니?"

"어째서냐니? 맛있는 밥을 먹는 게 좋으니까, 그런 요리를 만들어서 많은 사람이 먹어준다면 기쁠 것 같기도 하고."

"무슨 뜻이야? 엄마가 만든 요리는 맛없다는 거니?"

"그럴 리가 있겠어? 그냥 나는 요리를 배우고 싶다는 뜻에서……."

사태가 심상찮게 흘러가는 듯해 나는 필사적으로 이야기의 방향을 틀어보았다. 하지만 이미 엎질러진 물이었다. 엄마는 기가 막힌다는 듯 길게 한숨을 내쉰 뒤 곧바로 쉴 새 없이 말을 쏟아냈다.

"있잖니, 하토. 너도 이제 고등학생이잖아? 요리사 아저씨가 되고 싶다니, 무슨 유치원생도 아니고. 그런 안일한 생각으로 어떻게 살아가려고 그래? 요리사 월급이 얼마나 형편없는지, 넌 모르지? 요식업계는 말이다, 어느 곳이든 제대로 쉬는 날도 없어. 음식 같은 것도 몸에 안 좋은 합성조미료나 팜유를 콸콸 들이부어 만들기나 하고, 정말이지 말도 안 되는 업계란다. 그들은 돈을 위해서라면 손님의 건강이나 생명 따위는 신경도 안 쓰니까 그런 지독한 짓을 벌일 수 있는 거야. 요리 같은 건 학교에 안 가도 요즘엔 인터넷으로 얼마든지 배울 수 있잖니? 내가 네 나이 정도였을 땐 스마트폰도 유튜브도 없었지만, 보란 듯이 요리를 익혔단다. 네가 공부하고 싶다고 생각하는 분야는 말이야, 그 정도로 간단하고 보잘것없다는 뜻이야. 요리전문학교에 가겠다니, 게다가 학비가 싸지도 않아. 재료를 손질하거나 끓이고 굽고 튀기고 찌는 그런 조리 과정에, 일부러 학교까지 들어가서 공부해야 할 만큼 특별한 기술이 필요하다는 거니? 원한다면 오늘부터 엄마가 하나하나 세심하게 가르쳐 줄 수도 있어. 그게 더 빠르고 확실한 데다 싸게 먹힐 거다. 요리전문학교를 졸업하고 나면 그다음에는 음식점이나 레스토랑에 들어가서 남 밑에서 고생도 해야 해. 말이 수련이지 잡무만 시키면서 몇 년 동안 칼도 제대로 만져보지 못할걸? 그리고 신참이라는 이유로 주방장이나 선배들한테 괴롭힘 당하는 일은 또 어떻고? 믿기 힘들겠지만, 그런 비상식이 버젓이 통용되는 세계야. 프랑스나 이탈리아로 유학을 간들 다르지 않아. 유럽은 풍경만 예쁠 뿐이지, 어딜 가나 인종차별이 지독해. 온순하기만 한 네가 살 수 있는 곳이 아니란다. 요즘은 버려지는 음식 문제도 심각해. 요리사를 목표로 한다는 건 일부러 거기에 가담하겠다는 거나 마찬가지야. 음식 관련 일을 하는데 음식물 쓰레기를 제로로 한다는 건 절대 불가능한 일이잖니. 자영업이라면 얽매이지 않고 유유자적 일할 수 있을 거라고 생각하겠지만 착각이야. 독립하려면 경영전략이나 납세제도에 관해서도 빠삭해야 해. 게다가 골치 아픈 민원이 들어왔을 때는 굽실거리며 사죄해야 하는 당사자는 바로 너라고. 접객업에서는 그런 상황이 다반사란다. 뭔가 변명을 하기라도 해 봐. 그러면 동영상을 찍어서 악의적인 후기를 올리고, 악성 댓글을 마구 써대지. 그렇게 폐업하는 가게가 한두 곳인 줄 알아? 조리사 자격증 같은 건 어른이 된 뒤에도 마음만 먹으면 언제든 딸 수 있어. 그게 정말 네가 지금 해야만 하는 일이라고 생각해? 애써 인문계 고등학교에 다니고 있는데 굳이 그런 기회를 날려버리고 건강을 해칠지도 모르는 직업을 선택하겠다니, 아버지처럼 되면 어쩌려고 그러니? 고작 그런 장래를 위해 귀한 돈을 쓴다면 돌아가신 네 아버지가 어떻게 생각할지 한 번이라도 진지하게 고민해본 거야? 그렇게도 엄마 마음을 아프게 하고 싶은 거니?"

아무리 흘려들으려 해도 끊임없이 쏟아지는 부정적인 말이 집요하게 따라온다. 도망칠 곳 없는 한 지붕 아래에서 엄마의 비난 섞인 눈빛이 내 몸을 위축시킨다. 이의를 용납하지 않는 유도신문이 내 안의 선택지를 인정사정없이 쳐내려 간다. 이 상황이 원만하게 해결된다면 내 희망이나 장래 따위는 어찌 되든 상관없다고, 진심으로 생각한다.

"그런 거 아니라니까. 요리사가 그렇게 힘든 직업인 줄은 몰랐네. 가르쳐줘서 고마워. 그러면 경제 계열의 대학을 나와서 회사원이나……."

한시라도 빨리 이야기를 끝내고 싶어서 철저하게 타협해 봤지만, 그조차 실패였다. 엄마는 내 말을 자르고 설교

모드를 이어갔다.

"어떤 회사에 들어갈 건데? 요즘 세상에 대기업이라고 해서 정년까지 안심하고 다닐 수 있는 줄 아니? 다양한 기술을 익혀야만 해. 안 그래도 할당된 작업량이라든가 잔업이나 전근 때문에 정신적으로나 육체적으로 부담이 말도 못 할 텐데. 그런 걸 견딜 수 있겠어?"

"그, 그러면 공무원……."

이것도 안 된다고 하면 어쩌나 싶었는데 다행히 그 대답은 엄마의 마음에 들었던 모양이다. 방금까지의 날 선 말투가 부드럽게 바뀌었다.

"그렇지. 이왕 대학을 나올 거면 네게도 그게 제일 좋겠구나. 월급이 적다고는 해도 안정적인 데다 절대 망할 일이 없잖니. 그런데 하토, 진심으로 그 일을 하고 싶은 거야?"

엄마는 고작 1분 전에 내 진심을 굴복시킨 것도 잊은 듯 물었다. 아마도 스스로 구실을 만들면서 말꼬리를 잡고 있다는 의식조차 없는 거겠지. 불합리를 자각하면서 그렇게 행동하는 사람은 없다. 자식의 자유 의지를 존중하고 싶은 마음과 자기 뜻대로 조정하고 싶은 바람이, 그저 같은 의식의 연장선상에 존재하고 있을 뿐. 엄마의 말과 행동은 보편적으로 순수한 선의를 바탕으로 하고 있으니까. 나는 그런점이 무엇보다도 두렵다. 엄마는 자리에서 일어나 내 어깨에 손을 올리더니 자애로운 목소리로 말했다.

"하토, 엄마는 말이지. 내 생각을 강요하려는 게 아니란다. 엄마는 널 생각하는 마음에, 네가 자신의 장래를 진지하게 고민했으면 해. 아직 시간은 있으니까 천천히 생각해 보렴. 난 언제든 열심히 노력하는 네 편이니까."

"응."

무능한 아군은 적군보다 더 적군이라고 말한 사람이 누구였더라? 방으로 돌아와 최대한 커다란 소리를 내지 않도록 주의하면서 화풀이 삼아 침대를 발바닥으로 냅다 걷어찼다. 발이 아파서 괜히 속만 더 뒤집혔다. 정말이지 나란 인간은 학습 능력이 제로다. 정신적으로 피폐해진 탓에 숙제할 마음도 들지 않았다. 나는 일단 기분 전환이나 하려고 침대에 늘어졌다.

엎드린 채 스마트폰으로 유튜브를 연 뒤 최근에 올라온 영상을 클릭했다. 동네 맛집 중화요리 가게가 운영하는 채널로, 얼굴을 드러낸다거나 어떤 설명도 하지 않는다. 그저 요리사가 식칼로 파를 썰거나 솜씨 좋게 달걀을 깨며 조리하는 과정을 보여준다. 커다란 웍을 사용해서 완성한 볶음밥은 10인분에 달하는 양인데도 결과물이 정갈해서, 보는 것만으로도 위장이 쪼그라들 만큼 배가 고파진다. 거짓말이 아니라, 지금이라면 10인분도 거뜬히 먹어 치울 수 있을 것 같다.

이런 요리를 매일 만든다면 분명 즐겁겠지. 그런 상상을 하다가 최근 몇 달 동안 이어진 참담한 메뉴들을 떠올리자 모든 게 허무하게 느껴졌다. 엄마에게 들키지 않을 정도로만 외식하거나 음식을 사다 먹었을 뿐이지만, 그중에는 분명 굉장히 맛있는 음식도 있었다. 그런데 어째서 맛없는 음식만 뒷맛이든 기억이든 강렬히 남는 걸까?

숙제는 일찍 일어나서 마무리해야겠다고 생각하며 나는 전등을 끄고 이불을 뒤집어썼다. 어둠 속에 관엽식물의 실루엣이 떠다녔다. 그 모습을 바라보며 멍하니 생각에 잠겼다. 끔찍이도 싫어하던 화분의 식물이 이상하게도 친근하게 느껴지는 건, 분명 알아버렸기 때문이다. 내가 놓인 상황과 그들의 처지가 쏙 빼닮았다는 사실을. 꿈도 의지도, 기쁨도 슬픔도, 사랑도 희망도 우리에겐 필요 없다. 잠시라도 엄마의 세상을 이상적인 빛깔로 채색할 수 있다면, 그걸로 충분하다.

꽃집은 주말에도 손님이 거의 없다. 나를 고용할 여유는 있는 건가? 솔직히 말하면 경영이 순조로운지조차 의문이 생길 정도였다. 들어보니 법인을 상대로 한 정기 계약이 주요 수입이고 점포는 반쯤 취미 삼아 운영하는 모양이었다.

별난 사람이 다 있다고 생각하면서도, 그 덕분에 내가 편히 일할 수 있어서 딱히 불만은 없었다. 뒤뜰에서 비료 교체를 마무리한 뒤 청소하려고 가게 앞으로 나갔더니 점장이 물뿌리개로 화분에 물을 주고 있었다. 대걸레로 바닥을 닦으면서 나는 태연한 척하며 물었다.

"점장님, 혹시 말이에요, 화분에 물을 줄 때 미네랄워터를 쓰기도 하나요?"

내 질문에 점장은 이상하다는 듯 입꼬리를 치켜세우며 곧장 대답했다.

"뭐? 그런 아까운 짓을 할 리가 있나?"

"그렇겠죠, 보통은."

예상을 전혀 빗나가지 않는 대답에 나는 김빠진 목소리로 중얼거렸다. 더 캐묻지 않고 점장은 콧노래를 흥얼대며 다시 물을 주는 일에 열중했다.

"점장님은 왜 꽃집을 차리신 거예요?"

"응? 왜 그런 걸 묻는 거지?"

"아니 뭐, 별 건 아닌데요. 학교에서 곧 진로상담이 있거든요. 그래서 어떤 진로를 선택할지 고민하고 있는데 점장님 이야기도 좀 듣고 싶어서요."

점장은 일손을 멈추지 않은 채 옛날을 회상하듯 눈을 가늘게 뜨고 이야기를 시작했다.

"내 조부모님이 농사를 지으셨거든. 아무것도 없는 시골이라서, 가족과 고향에 돌아갈 때면 농사일을 돕곤 했어. 자연을 접하는 일에 흥미를 갖게 된 건 그 영향 때문일 거야. 역이나 공원에서 화단을 발견하면 시간 가는 줄도 모른 채 바라보곤 했으니까. 진로를 정할 때는 농부가 될지 망설이기도 했어. 고등학생 때 할머니가 돌아가신 뒤 농사를 접어버려서 말이야. 바닥부터 시작하는 게 어려웠거든. 고등학교를 졸업한 뒤에는 꽃집에서 일을 시작하다가 적당한 시기에 독립했지. 뭐, 그렇게 된 거야."

"꽃집이 가업은 아니었네요. 부모님께서 반대는 안 하셨어요?"

점장은 물을 주던 손길을 멈추더니 슬픈 듯 눈을 내리깔았다.

"사실 나한테는 나이가 꽤 차이나는 형이 있었는데 대학생 시절에 취업 준비를 하다가 마음에 병이 생겨서 투신자살을 했지. 부모님도 형한테 지나치게 이런저런 기대를 했다며 후회하셨지. 그래서였는지, 내가 고등학교를 졸업한 뒤 일하고 싶다고 말했을 때, 하고 싶은 일이 있다면 그게 최고라면서 반대하지 않으셨어."

"그럼, 만약 부모님이 꽃집에서 일하는 걸 반대하셨다면 점장님은 지금 어떻게 살고 있을 것 같으세요?"

질문 게임 같다는 생각이 들었다. 점장은 왼손가락을 턱에 댄 뒤 고민하다가 파란 물뿌리개를 가볍게 들어 올리며 웃었다.

"글쎄……, 뭔가를 가정한다는 건 어렵지만, 역시 어떤 형태로든 비슷한 일을 하고 있지 않았을까? 대학에 가서 흥미도 없는 강의를 듣는다거나 정장을 입고 회사에 다니는 내 모습은 그다지 상상이 안 되거든. 하기 싫은 일을 억지로 이어갈 성격도 아니고 말이야."

"그렇군요."

즐거운 듯 대답하는 점장과는 반대로 내 기분은 어둡게 가라앉았다. 점장의 대답은 의지를 가진 인간이 할 수 있는 백 점 만점의 정답인 동시에, 지금의 나와는 너무도 동떨어진 대답이라는 걸 알아버렸기 때문이다. 점장은 내 속내를 살피듯이 곁눈질로 이쪽을 힐끗 보며 되물었다.

"그런 질문을 한다는 건, 부모님이 네 꿈을 반대하고 계신다는 소린가?"

"아, 아뇨. 딱히 그런 건……."

정곡을 찔려서 나도 모르게 당황하고 말았다. 내 서툰 거짓말을 간파했는지 점장은 격려하듯 내 등을 두드렸다.

"뭐, 사정이 뭐든 자신의 소중한 꿈이니 부모님과 마음을 터놓고 제대로 이야기해 봐야지. 심한 말을 듣는다 해도 그건 널 생각해서 하는 말씀이니까. 진지하게 다가가면 부모님도 분명 알아주실 거다. 인생이란 건 의외로 어떻게든 풀리기 마련이거든."

무책임한 낙관론이네요. 세상에는 그렇게 이해심 깊은 부모만 있는 게 아니라서요.

"네, 그렇겠죠"

목구멍에 걸린 말을 모두 집어삼킨 채 맞장구를 치며 상황을 넘기고, 기계적으로 대걸레를 움직였다. 만약 엄마가 내 진로를 무조건 반대하더라도 거기에 따를 이유는 없다. 장학금이든 아르바이트든 돈을 마련해 고등학교를 졸업하면 집을 나와 내 마음대로 해버리면 끝이니까. 물론 엄마 말대로 일단 취직한 뒤 재차 그러한 진로를 목표로 삼아도 된다. 설령 부모의 의사에 따르지 않으려고 가족과 인연을 끊어버린다 해도, 진심으로 꿈을 이루고자 하는 확고한 의지가 있다면 마땅히 그 정도는 각오해야 한다. 그러나 요리사가 되고 싶다는 내 희망은 꿈이라고 부를 수 있을 만큼 거창하지는 않다. 사실을 말하면, 제대로 된 식사를 하지 못하다 보니 먹는 것에 대한 욕구가 그대로 진로에 반영된 것뿐이다. 진심으로 요리사가 되려고 각오한 사람과는 비교조차 할 수도 없다. 더구나 부모와의 사이가 나빠지고 거리를 헤맬 각오까지 할 정도로 이뤄야 할 꿈도 전혀 아니다.

난 점장과는 다르다. 앞날이 빤히 보였다.

흥미도 없는 강의를 빠짐없이 듣고, 획일적인 정장을 입은 채 붙임성 좋은 미소를 지으며 구직 활동을 하고, 만원 전철에 시달리며 회사에 가고, 상사한테 야단맞고 부하에게는 미움을 받으며, 푸념을 늘어놓으면서도 하기 싫은 일을 꾸역꾸역 이어가는 미래가 쉽사리 떠오르고 만다. 왜냐하면 내게는 딱히 하고 싶은 일도, 이루고 싶은 미래도 없으니까. 비료를 교체한 사프란 화분을 물끄러미 내려다봤다. 불만을 품으면서도, 한편으로는 가슴 한구석에서 그걸 바라는 마음도 있었다. 화분 안에 머무른 채 그저 물을 받아 마실 뿐인, 지금과 무엇 하나 바뀌지 않는 삶을.

세 번째 배달 때 소노 씨는 침대 옆 책상에 있는 노트북 컴퓨터로 작업 중이었다. 내가 온 걸 알아챈 그녀가 고개를 돌려 미소를 지었다.

오늘 배달한 화분은 남아메리카가 원산지인 밀토니아라는 꽃이었다. 꽃의 한가운데가 오렌지색이고 꽃잎 안쪽은 보라색, 바깥쪽은 하얀색으로 색 배합이 다채롭다. 이 아르바이트를 하지 않았다면 우연히 마주한들 이름을 몰랐을 것이다.

"아, 고생했어. 거기 근처에 놔줄래? 여기, 꽃값이야."

"네, 고맙습니다."

건네받은 봉투 속을 들여다보며 딱 맞은 금액이 들어 있는 걸 확인했다. 귀중한 단골이라지만 개인실에 입원한 데다 일주일 간격으로 꽃을 사려면 비용도 만만치 않을 텐데. 집이 상당한 부자인가 하는 생각이 들었다. 나는 벽을 따라 늘어선 화분들을 바라보며 물었다.

"저기요, 늦은 감이 있긴 한데, 화분을 병실에 가져와도 되는 거예요?"

쭈그리고 앉아서 밀토니아를 관찰하던 그녀는 손가락 끝으로 꽃잎을 만지며 대답했다.

"생화나 흙이 감염원은 아냐. 뭐, 어지간한 면역결핍 환자라면 이야기는 달라지겠지만. 그렇게까지 내가 중병환자로 보여?"

"아뇨. 그런 부분도 중요하겠지만, 흔히 그러잖아요. 식물이 흙 속에 뿌리내리는 것처럼 '병이 뿌리내리는 모습'을 연상시키니까 환자한테 화분에 심은 식물을 선물하는 건 금기라고."

"그건 병문안 품목으로서의 규칙이잖아? 그렇게 따지면 여기 병원의 로비만 해도 파키라랑 산세비에리아 화분이 놓여 있는데. 그렇다면 네 말은, 여기 병원 직원이 환자가 오래 병을 앓길 바라는 마음에서 화분의 식물을 놓아둔 거라는 뜻이야?"

"그런 말은 안 했는데요."

정말이지 이 사람한테는 말로 이길 수가 없다. 백기를 들고 물러나자, 그녀는 입 언저리에 손가락을 대며 중얼거렸다.

"내 입으로 말하기는 뭣하지만, 반드시 아니라고 단정 지을 순 없으려나? 이런 종합병원의 수익원은 태반이 입원 치료비니까. 경영진들은 늘 병석을 채우려 혈안이 되어 있고. 뭐, 어쨌든 내가 말하고 싶은 건 말이지."

그녀는 벌떡 일어나 시원스레 결론지었다.

"그렇게 어딘가의 모범답안 같은 강사가 멋대로 내뱉을 것 같은, 합리성도 없는 관습이라든가 수상쩍은 규칙에 신경 쓰기 시작하면 끝이 없다는 거야. 대부분 시시한 이야기 잖아? 식물에 중요한 뿌리를 잘라내 버리고 맛도 없는 물이나 빨아들이면서 여생을 보내게 하다니. 차라리 그쪽이 더 불길하고 생명을 모독하는 것처럼 느껴진다고."

그녀의 말이 생생하게 다가왔다. 다리가 잘린 채 침대에 누워 링거액이나 맞으며 세월을 보내는 내 모습을 떠올렸더니 살짝 몸서리가 쳐졌다. 하지만 그런 식으로 생각해 줄 만큼 식물을 소중히 기르고 있다는 거겠지. 아르바이트생이었지만 상품을 소중히 여겨주는 게 기분이 나쁘지만은 않았다.

"식물을 정말 좋아하시나 봐요?"

최선을 다해 영업용 미소를 지으며 그렇게 말했더니 그녀는 산뜻하게 웃으며 대답했다.

"그럼, 굉장히 좋아하고말고. 식물은 난폭하게 굴지도 않고 도망도 안 가고 떠들지도 않으니까. 정성을 들여 귀여워하기에는 딱이지."

"그런가요?"

정정해야겠다. 이 사람은 역시 어딘가 위험한 느낌이 든다. 식물에 질려서 시체를 귀여워하게 되는 일 같은 건 없었으면 좋겠는데. 식물을 실컷 귀여워한 뒤 그녀는 책상 앞으로 다시 돌아와 앉더니 내게 질문을 던졌다.

"너도 식물을 좋아해서 이렇게 꽃집 아르바이트를 하는 거 아냐?"

"아뇨, 딱히 좋아하는 건……."

반사적으로 대답했다가 식겁했다. 거짓말로라도 좋아한다고 대답하는 편이 자연스러웠을 텐데. 아무래도 생각하는 것 이상으로 나는 굉장히 식물을 싫어하고 있었던 것 같다. 수습하기도 전에 그녀는 날카롭게 추궁했다.

"뭐? 좋아하지도 않으면서 꽃집에서 일한다고? 그건 또 무슨 사정이래? 아니다, 잠깐만."

말을 끊고 그녀는 재미난 장난을 떠올린 아이처럼 웃었다.

"좋아, 아주 딱이네. 이번에는 네가 문제를 제시하면 내가 맞힐게. 문제는 '하토는 식물을 좋아하지도 않으면서 왜 꽃집에서 일하고 있을까'로 하자."

생각지도 못한 쪽으로 이야기가 흘러가서 나는 도통 영문을 알 수 없었다.

"그 게임이라는 게, 제가 진실을 간파해서 올바른 선택을 할 수 있도록 돕기 위해 시작한 거 아니었어요?"

"시선의 변화로 새롭게 깨닫는 면도 있으니까. 하토, 자기 생각만큼 자신을 이해한다는 건 불가능한 일이야."

"그런 건가요?"

나는 짧게 한숨을 토해낸 뒤 둥근 의자에 앉았다. 어차피 이 사람 혼자 즐기고 싶은 것뿐이니, 이유 따위야 나중에 덧붙이면 그만이겠지. 깊이 파고들어봤자 촌스러워 보일 뿐이다. 답을 맞히는 쪽이 된 그녀는 말끄러미 나를 관찰하더니 뜸을 들이듯 웅얼거렸다.

"질문은 최대 스무 개. 많은 것 같은데 하다 보면 그렇지도 않아. 그래, 첫 질문은……, 부모님이 꽃집을 하셔?"

"노입니다."

"네가 일해야 할 만큼 집안 형편이 어려워?"

"노."

"어릴 적에 뭔가 식물에 얽힌 트라우마가 있어?"

"노."

쉴 틈 없이 질문 세 개를 던진 뒤 그녀는 찬찬히 눈을 깜빡였다.

"흐음, 꽤 만만찮은데. 꽃집 시급이 다른 곳보다 높은 건가?"

"노."

최저임금보다 아주 조금 나은 수준이었다.

"채소는 좋아해?"

"노."

"꽃에 모여드는 벌레가 싫어?"

"노."

"가능하면 다른 곳에서 일하고 싶은데 그럴 수 없는 사정이 있는 거야?"

"예스."

"꽃가루 알레르기 있어?"

"노."

"장래에 되고 싶은 직업은 있고?"

"노."

"애인 혹은 좋아하는 여자 있어? 남자도 상관없고."

"노."

"애인이 생긴다면 연상이 좋아? 참고로 난 이제 곧 스물 둘이야."

"노. 저기, 아까부터 게임과 상관없는 질문을 하는 것 같은데요?"

돌아가는 판국이 미심쩍어 물었더니 우스꽝스럽다는 듯 그녀가 웃음을 터뜨렸다.

"하하핫, 무슨 소리야, 당연히 연관이 있지. 제대로 솔직하게 대답하라고. 안 그러면 게임이 성립하지 않으니까."

이 사람, 게임을 구실로 내 개인정보를 수집할 작정인가? 이게 취직 면접이었다면 더욱 논란이 될 만한 안건이다. 뭐, 그래도, 들어보고 곤란한 질문은 아무렇게나 대답하면 그뿐이다. 예스와 노의 두 가지 선택지라면 복잡한 사정은 물어볼 수 없을 테니까. 한바탕 웃고 만족했는지 그녀가 다시 질문을 시작했다.

"네가 식물을 싫어하는 건 그럴 만한 어떤 사건이 있었던 거야?"

"예스."

"부모님과 사이가 나빠?"

"예스."

"오호, 이 점이 열쇠가 될 것 같군. 흐음, 사이가 나쁜 쪽은 아버지?"

"노."

"엄마와 사이가 안 좋은 것과 네가 식물을 싫어하는 것에 연관이 있어?"

"예스."

"엄마는 식물을 싫어하셔?"

"노."

"네 월급의 주된 사용처는 식사랑 관련되어 있나?"

"예스."

열일곱 번의 질문을 끝내고 나서 그녀는 양손으로 무릎을 쳤다.

"좋아, 정리됐어. 네 엄마는 식물에 푹 빠져 있어서 집에서도 어마어마한 양의 식물을 키우거나 널 억지로 식물원에 데려가곤 하시겠지. 그런 강압 때문에 넌 식물을 싫어하게 된 거야. 네가 일을 하게 된 건 식사도 채소 중심이다 보니 월급으로 제대로 된 밥을 사 먹기 위해서고. 그런데 엄마의 강요 때문에 꽃집에서 일하게 된 거야. 어때?"

"예스, 정답이에요. 대단한데요."

어쩐지 허탈해진 나는 손뼉을 치고 승리를 축하해 주었다. 승자가 된 그녀는 기쁜 기색도 없이 턱에 손가락을 댄 채 물었다.

"그다지 노골적으로 기뻐할 마음도 안 드네. 엄마가 그렇게 된 건 무슨 이유라도 있는 건가?"

"뭐, 그렇죠. 아버지가 돌아가신 뒤에 좀."

나는 오늘에 이르게 된 경위를 대충 설명했다. 아버지가 갑자기 돌아가신 일. 엄마가 건강 카페에 빠지게 된 일. 집에 식물을 대량으로 들이게 된 일. 식사도 거의 채소뿐이어서 배가 전혀 차지 않고, 그래서 엄마의 눈을 피해 몰래 밥을 사 먹으려고 꽃집 아르바이트를 시작한 일. 이야기에 귀를 기울이던 그녀는 점점 불쾌해졌는지 눈을 찡그렸다. 내가 기나긴 이야기를 마치자 못 견디겠다는 듯 고개를 저었다.

"흠, 그랬구나. 네게도 상당한 재난이겠네."

"손님한테는 이상적인 엄마라고 생각했는데요?"

진담 반 농담 반으로 던진 말인데 예상했던 것 이상으로 비난이 쏟아졌다.

"무슨 뚱딴지같은 소리야! 난 식물을 좋아해서 기르는 것뿐이라고. 그 이상의 이유 같은 건 없어. 건강이 좋아지기를 바라서도 아니고 더구나 채식주의자도 아냐. 내가 인정하고 실행하는 일이면 몰라도, 증거도 없는 사이비 과학을 남한테 강요하는 일은 하지 않는다고."

"식물이 발산하는 마이너스 이온이 건강에 좋다고들 하

잖아요. 역시 사기일까요?"

"당연하잖아. 그런 걸 감지덕지해 하는 부류들은 애초에 이온이 과학적으로 뭔지조차 제대로 이해도 못 하고 있을 걸? 관엽식물이나 음이온 따위에 그런 의학상의 효과가 있었다면, 진작 대학원이나 제약회사에서 제대로 연구하거나 건강보험 상에서도 처방 대상에 올랐겠지."

그 가식 없는 표현이 통쾌하게 느껴졌지만, 나 역시 마이너스 이온이 뭔지 설명할 만큼 제대로 이해하는 건 아니라서 별로 할 말이 없었다. 만약 내가 공부해서 엄마한테 사이비 과학이라는 걸 지적한다 한들 '제조사 측에서 제대로 유효성을 증명했다'라거나 '정부가 유효성을 인정하지 않는 건 의학계와 결탁한 탓'이라는 식의 말이나 듣고 끝나겠지만. 그녀는 오른손으로 권총 모양을 만들더니 나를 겨누며 연민 어린 미소를 지었다.

"넌, 안타깝게도 부모 뽑기를 망친 셈이지."

"부모 뽑기……."

그런 도덕적이지 않은 표현을 싫어할 거라고 생각했는데, 뜻밖이었다. 하지만 동정을 받으면서도 수긍할 마음은 들지 않았다. 이 세상에 만연하는 극악무도한 아동 학대와 비교하면, 내가 처한 상황은 살아가다보면 누구라도 한 번쯤은 경험할 법한 일이니까.

"딱히 내가 불행하다고 생각하지는 않아요. 아버지가 돌아가신 건 확실히 재난이었지만, 학교에 잘 다니고 있고 생활에 곤란을 겪는 것도 아니고……, 최악은 아니죠. 솔직히 나보다 불행한 아이들이 세상에 얼마든지 있잖아요."

"바닥 밑에는 또 바닥이 있고, 터무니없는 소원은 금물이며, 분수에 맞는 행복을 추구하고, 원래 있던 장소에서 꽃을 피워라, 그렇지? 하긴, 그런 사고방식도 중요하긴 하겠다. 덕분에 이해했어. 그래서 처음 봤을 때 넌, '타인을 행복하게 하는 건 선의가 아니라 선행'이라는 말을 했던 거구나. 엄마의 선의가 지금 널 불행하게 만드니까."

"사실이잖아요? 제 엄마 얘기를 제외한다고 해도요."

희생자를 애도하며 종이로 천 마리 학을 접는 사람보다 자기 이름을 알리려고 거금을 기부하는 쪽이 훨씬 대단하다. 진심을 담아 손수 만든 맛없는 요리보다 기계가 대량으로 생산해 낸 도시락이 차라리 고맙다. 대의를 걸고 일으키는 전쟁보다 타산적이고 소극적인 대응이 초래하는 평화가 천 배는 낫다. 어린애도 알 만한 그런 명백한 사실을, 그래도 사람 마음은 존중해 줘야 한다는 식의 무책임한 말로 뒤집어 버리니까 아무리 시간이 흘러도 같은 잘못을 되풀이하고 마는 것이다. 예외 없이 선행은 선의보다 우월하다. 이전제는 절대 흔들리지 않는다. 그녀는 의자에 등을 기댄 채

지친 눈을 마사지하듯 손가락으로 미간을 꾹 눌렀다.

"그렇지. 그래서 어디에든 더더욱 공평하게 적용돼야
해."

그 말의 의미를 이해하기도 전에 새로운 질문을 받았다.

"하나만 묻자. 아까 넌 '장래에 되고 싶은 직업이 있니'라
는 질문에 '노'라고 대답했는데, 엄마의 반대로 포기해 버리
고 그런 결론을 내린 거야?"

"어떻게 그걸……, 앗!"

벌써 두 번째 후회다. 또다시 쓸데없는 말실수를 하고 말
았다. 하지만 실언을 유도한 장본인의 표정은 득의만만해
보였다.

"역시. 진실을 꿰뚫어 보는 눈을 갈고 닦으면 이 정도쯤
은 식은 죽 먹기지. 그래서 구체적으로 어떤 꿈인데?"

"요리전문학교에 들어가서 요리사가 되고 싶다고 생각
했어요."

게임이 끝난 마당에 솔직하게 이야기할 의무는 없지만,
감출 일도 아니다. 그녀는 감탄한 듯 작게 손뼉을 쳤다.

"오호, 좋은데. 나도 네 요리를 꼭 먹어보고 싶어."

나는 작게 고개를 저었다. 이 사람은 아무것도 모른다.
게다가 전혀 상관없는 관계니까 무책임하게 타인의 목표를
칭찬할 수 있는 거다. 그녀에게 혹독한 현실을 알려주고 싶

었다.

"하지만 그건 꿈이라고 부를 정도는 아니라서요. 인생을 걸고 요리사가 되고 싶다거나 다른 사람과 경쟁하고서까지 이루고 싶은 꿈도 아니에요. 그리고 요리사는 월급도 적은 데다 몸에 나쁜 재료를 잔뜩 사용하기도 하고 휴일도 제대로 못 챙겨요. 졸업 후에는 고된 수련을 해야 하고요. 요즘엔 음식 낭비 문제도 심각하죠. 설사 독립해서 가게를 차린다 해도 여러 가지 골치 아픈 문제가 있으니까, 그냥 대충 취직한 곳에서 적당히……."

"인터넷에서 떠도는 시시한 헛소리에 굴복하는 게 네가 내린 인생의 정답이야?"

가위로 싹둑 잘라내듯 날 호되게 괴롭히던 엄마의 말은, 그 한마디에 산산이 부서져 버렸다. 웃음기 없는 그녀의 시선이 더 날카로워졌다.

"선행은 선의보다 우선한다는 네 주장은 옳아. 그래서 난 더욱 이해할 수 없어. 널 요리사답게 만드는 건 부모의 의향도, 타인과의 비교에서 비롯한 깊은 고심도, 진위가 불분명한 수상쩍은 소문도 아냐. 단지 네가 직무상 필요한 자격을 땄는지, 맛있는 요리를 만들 수 있는지, 중요한 건 그뿐이라고. 그런 조건만 갖춘다면 다른 문제들은 별거 아냐. 그리고 단지 그뿐인 일을, 넌 핑계를 대며 뭉개려 하고 있어.

불가능한 이유를 필사적으로 찾아내고는, 충분히 할 수 있는 일을 외면하고 있다고. 그런 태도는 네 말과는 정반대 아냐?"

나는 순간 화가 치밀어 올랐다. 엄마의 극단적인 논리도, 나의 자기모순도. 전부 알고 있다. 하지만 올바른 이야기가 늘 사람을 구하는 세상이라면 얼마나 좋을까.

"그런 건 저도 알고 있다고요!"

맞서라, 싸워라, 도망치지 마라. 사람들은 그게 미덕이라는 듯이 떠들어댄다. 본인의 기분에 취해서 다른 사람의 기분 따위는 조금도 이해하지 않으면서 말이다.

부모 돈으로 들어온 개인실에서 유유자적 빈둥대는 환자가 뭘 알겠어? 날파리가 날아다니고 흙내가 진동하는 집에 처박혀 있어야 하는 불합리를, 토끼 먹이라도 감사히 먹어야만 하는 고생을 당신이 이해할 수 있어? 나는 점원이라는 신분을 잠시 내려놓고 그녀에게 화풀이라도 하듯 소리쳤다.

"그런데도 전 엄마를 거역하는 게 두려워요! 도망갈 곳 없는 집안에서 서로 남처럼 살아가게 될까봐 두렵다고요! 그 정도 일도 두려워할 만큼 한심한데, 단순히 마음이 조금 끌릴 뿐인 목표를 달성할 수 있을 거라니, 진심으로 그렇게 생각해요?"

"그래."

조금의 주저함 없이 단호한 대답이 되돌아와서 순간 휘몰아쳤던 분노가 거짓말처럼 사그라졌다. 한동안 나는 멍하니 있었다. 이렇게 큰 소리를 낸 건 살면서 처음이었다. 머리 곳곳이 욱신거렸다. 만약 밖에까지 들렸으면 어떡하지? 최악의 경우 출입 금지를 당할지도 모른다. 그리고 곧바로 강렬한 자기혐오가 찾아왔다. 사과해야 한다고 생각했지만, 입에서는 전혀 다른 말이 튀어나왔다.

"형식적인 위로는 필요 없어요."

"내가 마음을 써줄 만큼 네가 대단한 사람이라고 생각하는 거야? 상당히 자신만만한데? 하지만 합리적으로 도출한 결론이라고."

그녀는 개의치 않아 하는 듯했다. 조금은 안심이 되었지만, 새삼 이 관계가 대등하지 않다는 걸 깨달았다. 나는 더욱 의기소침해졌고, 화를 주체 못한 스스로가 한없이 부끄러웠다.

"아까 네가 말했잖아. 확실히 넌 불행하지만, 이 세상에는 너와 같은 처지에 놓인 애들이 많은 것도 맞아. 속박하는 부모한테 아이가 공포나 기피감을 느끼는 건 지극히 당연한 감정이야. 생살여탈권을 쥔 상대에게 진심으로 반항할 수 있는 쪽이 원래 이상한 거라고. 그런데 말이야, 넌 열

다섯 살 미만인 애들이 전국에 몇 명이나 있는지 알아?"

나는 말없이 고개를 저었고 그녀는 태연하게 말을 이었다.

"약 천오백만 명, 평균을 내면 한 살당 백만 명. 그러니까 전국에는 너와 같은 학년의 학생이 백만 명, 고등학생 전체로 범위를 넓히면 삼백만 명이나 되는 거야. 그중에서 너처럼 보호자한테 순응하는 학생이 십에서 이십 퍼센트 정도 있다고 가정해본다면, 대략 삼십 만에서 육십만 명이 되는 셈이지. 현재 지구상에 존재한다고 확인된 식물 종이 사십만 정도일걸? 그렇다면 그만큼의 아이들이 하나같이 자신이 원하는 미래로 나아갈 수 없다고 확신하는 게 통계학적으로 상당히 부자연스럽다는 생각이 들지 않아?"

나는 아무 대꾸도 못하고 석고상처럼 서 있었다. 냉정하게 말하자면, 궤변처럼 들렸다. 가정한 숫자는 근거가 불분명했고, 식물의 종수에 빗대어 말하는 것도 억지 같았다. 하지만 그녀의 말은 나의 마음에 와 닿았다. 적어도 이제까지 내가 묵묵히 들어 온 엄마의 폭력적인 주장보다는 훨씬 논리정연하게 여겨졌다. 좁고 어두웠던 시야가 단숨에 열린 것 같았다. 이런 나라도 정말 뭔가 될 수 있을까? 밝은 미래를 믿고 싶어지는 고양감이 샘솟았다. 이런 기분은 무척 오랜만이었다. 내 마음을 알아차렸는지 그녀가 상냥하게 웃었다.

　"'할 수 없는 이유' 백 가지는 '하려는 의지' 한 가지와 비교하면 삶에서 산들바람 정도밖에 안 돼. 밖으로 나가서 거리를 오가는 사람들을 살펴봐. 멀리까지 여행을 가보는 것도 좋고. 분명 가치관이 달라질 거야. '저 사람이 하는 걸 내가 해낼 수 있을 거라고는 장담할 수 없어'라는 생각이 '이렇게나 많은 사람이 할 수 있는 일을 나라고 못 할 이유는 없잖아'로 바뀌는 거지."

　나는 고개를 숙였다. 심장이 두근거렸다. 하지만 여전히 내 안에는 세상을 두려워하는 또 다른 내가 있었다. 답답하고 한심했다. 마치 '그 느낌은 틀렸어'라고 지탄받는 듯한 기분이 들었다.

　"하지만 전……."

　"이해해. 곧장 엄마의 뜻에 맞서라는 식의 대책 없는 말을 하는 건 아니야. 부모 눈치를 살피며 자기를 지키는 것도 중요하지. 하지만 생각하는 걸 포기해선 안 돼. 지식을 쌓고 인맥을 넓혀나가. 수면 아래에서 칼을 가는 거야. 원하는 선택을 할 수 있는 칼을 몸에 지니게 됐을 때, 그걸 곧장 실행으로 옮길 수 있도록."

　그녀는 자리에서 일어나 내 머리에 살짝 손바닥을 올렸다. 장갑을 끼고 있어선지 그 손바닥은 굉장히 커다랗게 느껴졌다. 순간 내 눈 안쪽에서 뜨거운 무언가가 솟구치는 기분이었다.

"넌 올바른 선택을 할 수 있는 자질을 지니고 있어. 난 그렇게 믿어."

가게에 돌아와서도, 집으로 돌아가 욕조에 들어가서도, 하룻밤이 지나서도, 나는 마음이 붕 떠 있었다. 학교 가는 길에서조차 머릿속은 그 사람 생각뿐이었다. 학교를 땡땡이치고 지금 당장 그 사람을 만나러 갈까, 하고 생각했고, 단념하기까지는 상당한 각오가 필요했다.

어떤 의도가 있어서 그녀를 자꾸 떠올리는 건 아니다. 호의를 넘어선 남녀 관계를 바라는 건 아니다. 상대가 단지 여자라는 이유만으로는 이 감정을 설명할 수 없다. 그 감정이 뭔지 확인하기 위해 나는 교실에서 여자애들을 유심히 관찰했다. 이 마음이 어떤 불순한 의도에서 생겨난 거라면 분명 저 애들한테도 비슷한 감정을 느끼겠지. 결론부터 말하자면, 그건 당장 그만두고 싶어질 만큼 힘든 일이었다.

"에미, 3학년 선배한테 고백 받았다는 거 진짜야?"

"뭐, 외모도 나쁘지 않아서 일단 받아 주려고."

"역시 에미라니까. 샴푸 바꿨어?"

"아, 헤어크림도 바꿨는데. 인스타에서 본 건데 꽤 괜찮아서."

"어머, 그거 나도 봐뒀던 건데. 좀 빌려주라."

"그래, 여기. 사카키바라, 너도 써 볼래? 그 끔찍하게 예민한 머릿결이 좀 나아질지 누가 아니?"

"꺄하하, 에미 너무해."

"아, 아하하……."

알맹이 없는 연애담이나 미용에 관한 이야기뿐이다. 대화에 휩쓸린 곱슬머리 여자애는 웃고 있었지만, 난 뭐가 재미있는 건지 전혀 이해할 수 없었다. 물끄러미 바라보는 내 시선을 느낀 여자애 하나가 불쾌하다는 듯 나를 노려봤다.

"헐. 뭐야?"

"아무것도 아냐."

짧게 되받아친 뒤 고개를 돌리는 순간 내 관심은 곧장 사라졌지만, 여자애들은 그렇지 않았던 모양이다.

"쟤 누구였더라? 아는 사람?"

"글쎄. 에미를 좋아하는 거 아냐?"

"으악, 쟨 아웃. 딱 봐도 음침한 캐릭터잖아."

지성이라고는 조금도 느껴지지 않는 저 여자애들과 그 사람이 고작 다섯 살 정도밖에 나이 차가 나지 않는다는 걸 믿기 어려웠다. 종족 자체가 다른 생명체라고 생각하는 편이 자연스러웠다. 저런 무리를 바라보고 있으니 내 인생도 확실히 어떻게든 될 것 같다는 생각이 들었다.

확신을 얻고 안도했다. 내가 느낀 건 틀리지 않았다. 역시 반 여자애들을 봐도 아무런 감정이 생기지 않았다. 그 사람과 마주했을 때 느꼈던 고양감이라든가 상대를 좀 더 알고 싶다는 욕구가 가슴 깊은 곳에서 전혀 샘솟지 않았다.

나는 메모장을 열고 병실 앞에 붙어 있던 명패에서 옮겨 적은 그녀의 이름을 다시 읽었다.

'소노 마키나.'

소노 씨. 아니, 마키나 씨. 이제껏 기억할 생각도 하지 않았던 그 이름을, 마음속에서 몇 번이고 불러봤다.

잡초라는 이름의 풀

아무도 없는 교실에서 엄마와 나는 이토 선생님과 마주 앉아 있었다. 토요일이었지만 진로상담을 겸한 학부모 면담이 있었다. 선 굵은 용모의 이토 선생님은 손가락으로 턱수염을 쓰다듬으면서 진로 조사표를 응시했다.

"그렇군요, 하토 군은 공무원을 지망하는군요. 지망 대학은 국공립계인데, 하토 군 성적이면 거뜬합니다."

"감사합니다. 그렇다면 다행이네요."

엄마는 양손을 무릎에 올려둔 채 정중하게 인사했다. 꼼꼼히 화장하고 외출용 원피스를 입은 엄마는, 그 차림새와 언행만 보면 그야말로 이상적인 부모 그 자체였다. 외향적인 사교성과 상식도 제대로 갖추고 있어서 오히려 이상한쪽은 내가 아닌가 하는 생각도 종종 하곤 했다. 그런 착각에 더는 마음이 흔들리지 않게 된 건 역시나 마키나 씨를 만난 덕분이겠지. 고개를 든 엄마는 살짝 몸을 앞으로 내밀며 선생님에게 물었다.

"저기, 학교에서 하토는 어떤가요?"

"하토 군은 굉장히 어른스럽고 얌전한 학생입니다. 다른 학생과 문제를 일으키는 일도 없고 수업도 진지하게 들어 주니 교사로서도 도움이 되는 학생이죠."

"그렇군요. 학교에서도 착실하게 보내고 있구나, 하토."

몹시 만족해하는 엄마의 칭찬에, 나는 기계적으로 고개를 끄덕였다. 선생님이 한 말은 결국 '있든 없든 상관없는 녀석'이라는 뜻일 테지만, 반에서 그런 존재가 되려고 스스로 의도한 결과라서 불만은 없다. 집에서도 충분히 힘든데 밖에서까지 쓸데없는 문제에 휘말리는 건 사양이었다. 선생님은 시선을 내게 돌리며 물었다.

"그런데 공무원이라고 해도 분야가 다양한데, 생각해 둔 직종은 있는 거냐?"

"아무래도, 시청이나 구청 쪽이 좋을 것 같아요."

미리 준비해 둔 모범답안을 읊으며 곁눈질로 엄마의 안색을 살폈다. 작게 고개를 끄덕이는 모습을 보며 나는 안심했다. 선생님은 손에 들고 있던 조사표를 책상에 내려놓고 자세를 바로잡았다.

"정석이긴 하지. 공무원 시험에 붙긴 해야겠지만, 뭐 그리 어려운 문제는 아닐 겁니다. 그런데 외람된 질문이지만, 생활에는 문제가 없으신가요? 가령, 공적인 지원이 필요하다든가……."

신중하게 말을 고르는 선생님에게 엄마는 고개를 저으며 또박또박 대답했다.

"신경 써주셔서 감사합니다. 하지만 저희는 괜찮답니다. 남편이 남긴 유산으로 충분히 꾸려가고 있으니까요. 그렇지, 하토?"

동의를 구하기에 나는 즉각 고개를 끄덕였다. 선생님의 표정이 한층 부드러워졌다.

"그렇다면 안심했습니다. 하토는 좋은 부모님을 뒀구나."

"네, 맞아요."

실제로 뉴스에서 나올 법한 지독한 부모들보다는 훨씬 낫다고 생각한다. 다시 조사표로 시선을 돌린 선생님은 혼잣말처럼 입을 열었다.

"그럼, 하토 군이 공무원이 되고 싶어 하는 것도 어쩌면 그런 사정 때문에……, 이런, 쓸데없이 캐묻는 꼴이 돼버렸네요. 여하튼 제가 더 드릴 말씀은 없습니다. 하토, 어려운 일이 생기면 뭐든 편하게 상담하렴."

평소에는 내게 관심조차 없으면서. 선생님은 가식 없는

미소를 지으며 다정한 말을 건넸다. 즉석에서 생겨난 그 선의가 힘이 되어줄 날은 아마 평생 오지 않겠지.

"네, 그때는 잘 부탁드릴게요."

예상과 달리 내 입에서도 마음에 없는 감사의 말이 순순히 튀어나왔다.

돌아가신 아버지에 관한 기억은 솔직히 그리 좋지 않다. 딱히 사이가 나빴던 건 아니다. 아버지는 가정과 자식을 잘 돌보는 편이었지만, 그 방식이 나와는 맞지 않았을 뿐이다. 술을 좋아했던 아버지는 종종 나한테도 술을 먹였고, 뭐라 반응하기 곤란한 음담패설을 늘어놓을 때도 왕왕 있었다. 솔직히 말하면 내 쪽에서 일방적으로 거리를 뒀다.

그래도 부자지간에 분위기가 험악해진 적은 없었고, 일해서 가족을 부양하는 아버지에게는 늘 감사한 마음이었다. 부부 사이도 좋은 편이어서, 내 기억으로는 부부 싸움을 한 적이 단 한 번도 없었던 것 같다. 두 사람은 대학 시절에 알게 된 선후배 사이였고, 당시의 추억을 저녁 식사 자리에서 시도 때도 없이 떠벌리곤 했다. 그래서였는지 예전부터 엄마는 아버지가 술을 마실 때마다 잔소리 한마디 하지 않고 아버지가 가장 좋아하는 튀김이나 간이 센 요리를 잔뜩 만들어 주곤 했다.

아버지가 살아 있을 무렵, 나의 중학교 진학과 아버지의 승진을 축하하기 위해 약간 고급스러운 온천에 묵었던 적이 있다. 그날 아버지는 해롱해롱한 상태로 노천탕에 들어 갔고, 나는 노심초사하며 따라나섰다. 만취한 상태로 온천에 들어가는 건 금지였지만, 모처럼 온 여행인데 아버지의 기분에 찬물을 끼얹고 싶지도 않았다. 내가 잘 지켜보고 있으면 된다고 생각했다.

"하토는 중학생이 되고 난 과장이 돼서 이렇게 극락 같은 온천에 몸도 담그고……. 후우, 난 행복한 사람이야."

"아빠, 취했으니까 너무 오래 있으면 안 돼."

"바보 같긴, 이런 건 취한 축에도 못 들어간다고. 하긴, 그런 건가? 작기만 하던 네가 이렇게 잘 자라주다니. 이젠 아무 미련도 없다."

"무슨 불길한 소리를 하는 거야?"

아버지는 무뚝뚝하게 대꾸하는 날 게슴츠레한 눈으로 바라봤다. 졸려 보이는 눈동자가 꼼짝없이 날 붙들고 있어서 시선을 돌릴 수 없었다. 아버지는 물방울을 튀기며 팔을 들어 올리더니 두툼한 손을 내 어깨에 올리고 말했다.

"잘 들어라, 하토. 남자란 말이다, 여자를 지키기 위해 태어난 거야. 그러니까, 만약 아빠가 없으면 그땐 네가 엄마를 지켜야 한다. 그리고 너도 훌륭한 아내를 얻어서……."

그러더니 아버지는 욕조에 등을 기댄 채 꾸벅꾸벅 졸기 시작했다. 나는 기가 막혀서 아버지의 어깨를 흔들었다. 모처럼 좋은 말을 해주려나 싶었는데.

"아빠, 잠들면 안 돼."

불길한 예감 때문이었는지 아니면 단순한 우연이었는지, 어쨌든 그로부터 2년 후 아버지는 세상을 떠났다. 평소처럼 아침에 건강한 모습으로 출근했던 아버지는 급히 이송된 병원 침대에서 싸늘하게 몸이 식어버렸다. 비극은 예고도 없이 찾아온다고 생각했는데, 나중에 알고 보니 회사에서 실시했던 건강검진 결과도 매번 좋지 않았던 모양이었다.

아버지가 돌아가셨을 때 엄마는 말로 할 수 없을 만큼 슬퍼했지만, 나는 갑작스레 벌어진 일에 어떤 감정을 드러내야 할지 혼란스러웠다. 슬프기는 했지만, 머릿속은 냉정 그 자체였다. 엄마처럼 흐느껴 울 수도 있었고, 조용히 아버지의 죽음을 애도할 수도 있었고, 마음만 먹었다면 웃으면서 엄마를 격려하는 일도 가능했을 것이다. 비정한 인간처럼 보이겠지만, 그땐 정말 아무래도 상관없었다. 아마 평소 내가 아버지에 대해 한 발 뒤로 물러선 감정을 가지고 있었기 때문일 것이다.

결국 내가 선택한 건 아버지의 죽음을 조용히 애도하는 것이었다. 나까지 평정심을 잃었다간 쓸데없이 혼란스러워지거나 걱정을 끼칠지도 모른다고 판단했다. 지금 돌이켜 봐도 당시의 선택이 틀렸다고는 생각하지 않는다. '아빠가 없으면 그땐 네가 엄마를 지키며 행복하게 해줘야 한다'라고 아버지가 말했으니까. 하지만 엄마는 냉정한 모습의 나를 보더니 '아버지의 죽음으로 아들이 감정을 잃어버렸다'고 넘겨짚은 모양이었다.

나는 오해를 풀어줄 틈도 없이 건강 카페에 푹 빠져버린 엄마에게 할 말을 잃었다. 그럭저럭 사람들을 사귀게 된 엄마를 말리는 게 과연 옳은 일일까? 괜한 말참견을 했다가 엄마의 정신 상태가 더 악화할 가능성도 있지 않을까? 이런저런 고민을 하는 사이에 사태는 걷잡을 수 없는 지경에 이르고 말았다.

그러니 지금 우리 집 상황이 이렇게 된 건, 간접적이나마 내게도 원인이 있는 셈이다. 거기에 책임이나 죄책감을 느끼지는 않는다. 다만, 내 안에는 후회가 아니라 한 가지 의문이 계속 남아 있었다. 내가 취해야 했을 올바른 선택이 대체 무엇이었을까?

계단 앞에서 하이힐로 갈아 신으며 엄마는 무척 기분이 좋은 듯 들뜬 목소리로 말했다.

"이토 선생님 말이야, 우리 상황을 잘 배려해 주시고 참

훌륭한 분이더구나. 너도 학교생활을 착실하게 하고 있다
니, 엄마는 무척 자랑스럽단다."

"그러게. 다행이네."

면담이 무사히 끝나서 기쁜 건 나도 마찬가지였다. 그것
만으로도 전날 엄마에게 호되게 잔소리를 들은 보람이 있
었다. 오늘 삼자 면담에서 '요리사가 되고 싶다'라는 말을
꺼냈다면 어떤 지옥이 기다리고 있었을지, 생각만으로도
속이 울렁거렸다. 나는 계단 앞으로 걸어가 버스정류장이
있는 정문과 반대 방향에 섰다.

"이제 난 도서관에서 자습하고 갈게."

"도서관? 아르바이트도 없는 날인데 토요일 정도는 편히
쉬지 그러니?"

예상했던 엄마의 대답에 나는 재빠르게 고개를 저었다.

"그런 속 편한 말을 할 때가 아니야. 대학입시까지 이제
고작 1년 조금 넘게 남았어. 선생님은 저렇게 말씀하셨지
만, 안심할 수는 없거든."

"그래? 기특하구나, 하토. 똑바로 자기 인생을 진지하게
바라보고 있어. 알았으니까 잘 다녀오렴."

엄마는 만족한 듯 웃으며 정문 방향으로 걸어갔다. 그 등
이 보이지 않을 즈음에야 나는 겨우 한숨 돌렸다. 도서관
운운한 건 핑계일 뿐, 사실은 마키나 씨가 있는 병원에 가

려 한 것이다. 오늘은 자전거가 아니라 엄마와 함께 버스로 왔기 때문에 꽤 걸어야 했지만, 수고스럽다는 생각은 들지 않았다.

병실 문이 닫혀 있어서 노크를 했지만 기다려도 대답이 없었다. 잠든 건가? 그런 생각이 머릿속을 스쳤지만, 당장 만나고 싶은 마음을 억누를 수 없었다.

"실례합니다."

문손잡이를 쥐고 힘을 주었다. 문은 잠겨 있지 않았다. 자는 거라면 오늘은 돌아가야겠다고 생각했는데 병실에는 아무도 없었다.

"없네?"

무례한 행동이라는 것도 잊은 채 나는 안으로 들어갔다. 사람을 사뭇 우습게 여기는 듯한 그 주인 없는 병실은, 묘하게 휑뎅그렁하고 쓸쓸한 분위기였다. 컴퓨터나 책장이 그대로 있으니 퇴원을 한 건 아니었다. 이제껏 제대로 본 적이 없었는데 책장에 꽂혀 있는 책은 대다수가 두꺼운 외국 도서였다. 책등에 적힌 제목은 영어 같았지만 본 적도 없는 단어가 나열되어 있어서, 내 영어 실력으로는 전혀 읽을 수 없었다. 대체 무슨 책일까? 그걸 묻기 위해서라도 일단 그녀를 찾아야만 한다. 나는 병실에서 나와 데스크로 가서 간호사에게 물었다.

"저기, 죄송한데요. 마키나, 아니, 소노 씨는 외출 중인가요?"

"소노 씨요? 아뇨, 외박 신청서는 안 내셨는데요"

젊은 여자 간호사의 말에 끼어들 듯 중년의 여자 간호사가 대답했다.

"소노 씨라면 아까 엘리베이터 홀에서 봤어요. 틀림없이 위층으로 갔으니까, 식당에라도 간 게 아닐까요? 아마 곧 돌아올 거예요"

"위층에요?"

여기보다 위층에는 분명 다른 병동 말고는 식당밖에 없다. 하지만 지금은 오후 2시라 점심시간은 좀 지났는데. 어쩐지 마음이 술렁거렸다.

최상층에 자리한 아담한 식당에는 역시나 사람의 모습이 보이지 않았다. 나는 마음을 진정시키려 애쓰며 위로 이어지는 계단 앞에 섰다. 여기부터는 옥상이다. 높은 울타리로 둘러싸여 있는 데다 그 사람이 그런 바보 같은 짓을 할 리가 없다는 걸 알고 있었지만, 그래도 마음은 불안했다. 계단을 올라가 문을 열자마자 가슴 높이의 울타리에 손을 짚고 있는 그녀를 발견하고 나는 반사적으로 달려갔다.

"마키나 씨!"

그녀는 내 목소리에 놀란 표정으로 이쪽을 바라봤다. 그러고는 평소처럼 냉소적인 미소를 띤 채 가볍게 손을 흔들었다.

"이게 누구야, 하토잖아? 토요일인데 이런 곳에서 만나다니 뜻밖인데. 어쩐 일이야?"

그녀는 숨을 헐떡이며 뛰어온 나를 보고 의아한 듯 물었다. 나는 얼빠진 목소리로 되물었다.

"어쩐 일이냐니……, 그쪽이야말로 뭘 하고 있는 거예요?"

"거리를 바라보고 있었어. 난 이렇게 높은 곳에서 사람들이 살아가는 모습을 구경하는 게 좋거든."

그러고는 멍하니 울타리 맞은편에 시선을 보냈다. 전망은 확실히 나쁘지 않았다. 여전히 쿵쾅거리는 심장에 손을 대며 나는 겨우 한숨 돌렸다.

"그, 그런 거였군요. 깜짝 놀랐잖아요. 순간 뛰어내리려는 것처럼 보여서……."

한껏 걱정하는 나를 아랑곳하지 않고 그녀는 호탕하게 웃었다.

"하핫! 넌 참 재미있는 말을 하는구나. 자살하려고 여기에서 뛰어내렸다간 내 소중한 내장이 사방팔방으로 튀어서 땅이 시뻘겋게 더러워지고 말 텐데. 이 몸이 그렇게 죽는 방법을 택할 리가 없잖아."

"웃을 일이 전혀 아닌데요."

쓸데없는 걱정이었구나 안심하면서도 그렇게나 생생한
표현은 자제해 주었으면 싶었다. 점장의 형이 자살한 이야
기를 들은 지 얼마 되지 않은 터라, 아무리 싫어도 그 광경
을 상상하게 되니까. 호흡과 심장박동이 안정을 되찾자, 나
는 그녀 옆으로 섰다.

"'사람들이 살아가는 모습을 구경하는 게 좋다'라니, 좀
의외인데요. 제멋대로 느낀 인상이지만, 어쩐지 사람을 싫
어하는 것처럼 보였거든요."

"실례라고. 내가 사람을 싫어했다면 애초에 너랑 이렇게
엮이지도 않았겠지. 하긴, 그렇다고 특별히 사람을 좋아하
는 것도 아니지만."

울타리에 상반신을 맡긴 채 그녀는 대로를 오가는 자동
차와 사람들을 내려다보며 다정한 목소리로 말했다.

"이렇게 거리를 오가는 사람들을 보고 있으면 어쩐지 안
심하게 돼. 얼굴도 이름도 모르는 그들에게도 다들 돌아갈
집이 있고, 취미나 기호가 있고, 저마다 인간관계가 있고,
과거와 미래가 있고 자기만의 인생을 걸어가고 있잖아. 세
상에 이렇게나 많은 '인생'이 존재한다면, 내가 하고 싶은
일 한두 가지 정도는 이 혼잡한 틈을 타서 해낼 수 있을 것

같지 않아?”

“조금은, 그런 것도 같네요.”

시선을 좇듯이 거리를 바라보며 나는 대답했다. 수십만 명이라는 숫자는 말로 들어서는 어느 정도인지 상상하기 힘들지만, 여기에서 바라보는 도로와 건물에 있는 사람 전체를 합쳐도 부족하다고 생각하면 굉장한 수였다.

문득 예전에 먹었던 이탈리안 레스토랑의 카르보나라가 떠올랐다. 당시에는 비싼 돈을 내고도 입맛에 맞지 않아 몹시 화가 치밀었는데, 거꾸로 말하면 그런 요리를 제공하는 가게일지라도 높은 평가를 받으며 꾸려나갈 수 있는 법이다. 사고방식을 바꾸니 마음에 여유가 생겨났다. 나는 그녀의 옆얼굴에 시선을 던지며 솔직하게 말했다.

“하지만 이런 생각도 들어요. 많은 인생에 뒤섞인 채 살아간다는 게, 다수에 수긍하는 것 같기도 하다고.”

“무슨 일이든 때와 상황에 따라 달라지는 거야. 막상 부딪혀 봤더니 사이좋게 서로를 이해하게 된다라는 건, 대개 동화 속에 나오는 판타지일 뿐이야. 타협과 영합으로 원만히 해결된다면 그것만큼 좋은 건 없지. 진정으로 관철해야 하는 의지는, 적절한 타이밍이 올 때까지 무용한 심리 싸움에 닳아 없어지지 않도록 꼼꼼히 준비해 둬야 해. 올바른 선택이란 그런 거야.”

옆얼굴도 말투도 야무져서, 목소리를 듣고 있는 것만으로도 이상하게 안심이 되었다. 이 사람이라면 온갖 현상들에서 '올바른 선택'을 끌어내지 않을까, 그렇게 믿어버릴 만큼. 나는 그녀를 떠보듯 질문을 던졌다.

"만약에 말이에요, 내 입장이라면 어떻게 하겠어요? 식물에 미쳐 있는 엄마가 자식의 꿈을 반대하는데, 그래도 관계가 나빠지는 건 원치 않는, 그런 상황이라면?"

그녀는 턱에 손가락을 대고 골똘히 생각한 뒤에 대답했다.

"한마디로 대답하긴 힘들지만, 나라면 정에 호소하기보다는 이해득실을 따져가며 해결할 것 같은데? 업계 데이터를 모조리 조사해서 어떻게 경력을 쌓아갈지 전망을 보여준다든가, 이 진로에는 어떤 이점이 있는지 보여주며 부모님과 교섭을 시도해 본다든가. 아니면 독립할 수 있는 상황이 될 때까지 그저 참으면서 다른 쪽으로 생각을 돌린다든가. 식물에 광적으로 집착하는 부분에 대해서는, 어떤 수를 써서 집에 식물을 둘 수 없는 환경을 만들거나 '화재 위험이 있으니 집에 관엽식물을 너무 많이 두지 않는 편이 좋다'라고 충고하는 식으로. 네 상황에서는 생각만큼 척척 일이 진행될 것 같지도 않지만."

"그렇군요. 고마워요, 참고할게요."

그녀의 의견은 어디까지나 합리적이어서 위화감 없이 받아들일 수 있었다. 이 사람은 '제대로 마주해 봐, 가족이니까 분명 이해해 줄 거야'라는 식의 일시적인 위안 따위는 입에 담지 않는다. 실제 해결로 이어질지 어떨지는 제쳐두더라도, 수긍할 수 있는 의견을 제시해 준 것만으로도 한결 기분이 나아졌다.

"그런데 하고 싶은 일이란 건 뭐예요?"

"글쎄, 여러 가지가 있는데 일단은……."

그녀는 늘 착용하는 검은 장갑에 휘감긴 기다란 검지를 뻗더니 남동쪽을 가리켰다.

"저쪽에 둥근 건물이 두 개 있지? 저건 국내에서도 유명한 식물원인데 꼭 한번 가보고 싶긴 해."

손가락 끝에 나무들로 둘러싸인 듯한 형태의 자그마한 돔이 두 개 보였다. 터무니없이 소박한 희망에 나는 맥이 빠졌다. 놀리는 것 같지는 않은데.

"겨우 그거예요? 내일이라도 가면 되잖아요."

"그야 그렇지만, 나 같은 미모의 소유자가 혼자 갔다간 질 나쁜 패거리들이 집적거리지 않겠어? 모처럼 좋은 기분을 잡쳐버릴지도 모른다고. 병 때문에 망설여지기도 해."

"마키나 씨는 자기 외모에 대해 굉장히 평가가 후하네요. 나라도 괜찮다면 같이 가줄 수 있는데요."

나는 기가 막히면서도 절반은 기대하는 마음으로 그렇게 말했다. 잘만 하면 자연스럽게 데이트할 수도 있다. 물론 그 이상의 속셈은 눈곱만큼도 없다. 내 제안에 그녀는 의아하다는 듯 물었다.

"제안은 기쁘지만, 넌 나보다는 동급생 여자애와 좀 더 어울리는 게 낫지 않겠어?"

"반 여자애들이랑 이야기해봤자 아무것도 얻을 게 없어요. 마키나 씨랑 이렇게 대화를 나누는 쪽이 천 배는 즐거운데요."

그녀는 물끄러미 나를 바라봤다.

"흐음, 그렇단 말이지."

그 한마디가 어떤 감정에서 비롯된 것인지는 감이 잘 오지 않았다. 적의나 분노는 아닌데, 그렇다고 부끄러움이나 겸손도 아니었다. 어쨌든 그녀가 종잡을 수 없는 사람이라는 건 새삼스러운 이야기는 아니다. 병실 책장에 있던 외국 도서를 떠올린 나는 한층 더 칭찬에 열을 올렸다.

"그렇다니까요, 정말 대단해요. 그렇게 두꺼운 외국책을 몇 권씩이나 읽는 데다 전국의 아이들과 식물 종의 수치도 바로 대답하잖아요. 우리 반 여자애들과는 비교할 수 없을 만큼 똑똑해요."

쑥스러워하는 기색도 없이 그녀는 담담히 대꾸했다.

"어학 능력이나 기억력 같은 건 어차피 타인의 노력에 기댄 결과물인걸. 교재랑 어느 정도의 요령만 있다면 일정 수준까지는 누구든 익힐 수 있어. 진짜 천재로 평가받아야 할 인간은 시험 성적으로 헤아릴 수 있는 존재가 아니라고."

"그러면 누구죠? 당신이 천재라고 생각하는 인간이."

내 질문을 신호로 그녀는 손가락을 튕기며 장난스럽게 웃었다.

"좋아, 그렇다면 오늘 게임의 문제는 그걸로 할까? '소노마키나가 천재라고 생각하는 건 어떤 인간일까?' 스무 번 이내에 예스나 노로 대답할 수 있는 질문으로 정답을 맞혀 보라고."

"그 게임, 정말 좋아하는군요."

오늘은 게임을 하지 않을 거라 생각했는데. 내가 쓴웃음을 짓자 변덕스러운 여왕님은 의기양양한 표정으로 가슴을 폈다.

"좋아하고말고. 권력도 재력도 완력도 나이도 성별도 성품도 상관없이, 게임은 무자비하게 하나의 결과를 가져다주잖아. 그리고 그 누구든 결과에 이의를 제기하는 걸 허용하지 않지. 서로가 규칙에 따르고 성실하게 맞서는 한에서는 말이야."

그 대답을 통해 나는 그녀가 사고하는 방식의 한 측면을 알 수 있었다. '스무고개' 게임은 단순한 놀이가 아니라 상대를 신뢰할 수 있는지를 측정하는 수단이기도 했던 것이다. 그렇게 생각했더니 갑자기 의욕이 솟아났다. 재빨리 나는 '천재의 정의'에 대해 생각했다. 평범한 나로서는 진부한 질문밖에 떠오르지 않았지만, 처음에는 거기부터 공략해 보기로 했다.

"음, 당신한테 도쿄대 또는 하버드대 학생이나 교수가 천재인가요?"

"노. 전혀 없는 건 아니지만, 정답의 취지와는 어긋나."

"노벨상 수상자는요?"

"예스. 하지만 이것도 어디까지나 부분적이라서, 수상했다고 반드시 천재인 건 아니지만."

"그 천재의 정의에 꼭 들어맞는 사람은 주로 이과나 수학 계열에 있나요?"

"노. 문과와 이과로 구별할 수 있는 종류의 정의는 아니거든. 어느 쪽이든 적합할 수 있어."

순식간에 질문을 세 개나 써버렸는데 정답의 실마리조차 보이지 않는다. 다만, 답이 특정 인물이라든가 단순한 속성이 아니라 추상적이라는 건 틀림없어 보였다.

"이번에는 상당히 까다롭네요."

떨떠름한 표정으로 중얼거리는 나를 보며 여왕님은 즐

거운 듯 재촉했다.

"후후후, 하지만 그래야 의욕이 생기지 않아? 자, 이제 열일곱 번 남았다고."

정답에 다가가고 있는지 아닌지 계속 알쏭달쏭한 채로 게임은 진행되었고, 나는 이판사판으로 마지막 질문을 던졌다.

"마키나 씨가 천재라고 생각하는 건 식물학자인가요?"

"노. 확실히 포함되긴 하지만, 식물에 한정된 이야기는 아니니까."

무자비한 그 선언에 나는 맥이 빠졌다. 여왕님은 실망하는 나를 보며 입꼬리를 치켜 올렸다.

"지금 질문이 스무 번째야. 아쉽게도 이번에는 너의 패배로군."

"꽤 분한 일이네요, 게임에 지고 아무것도 얻을 수 없다는 건."

자조 섞인 웃음으로 대꾸하자 그녀는 천천히 고개를 저으며 대답했다.

"패배해도 얻는 건 있어. 다만 무엇을 얻어서 어디에 쓸지, 지금의 너로서는 아직 이해하지 못하는 것뿐이지."

격려하는 건지 바보 취급하는 건지 분명치 않은, 에두른 표현이었다. 그래도 이상하게 화가 나지는 않았다. 돌연 그녀는 울타리에서 물러나더니 옥상 주위를 둘러봤다. 그러더니 옥상 출구와 하얀 콘크리트 벽면을 한동안 응시하다가 서서히 그쪽으로 다가갔다.

"좋아. 너의 건투를 빌며 한 가지 힌트를 주지. 여기 콘크리트의 벌어진 틈에서 잡초가 자라나고 있지?"

뒤따라온 나는 그녀가 가리키는 쪽으로 시선을 떨어뜨렸다. 그늘 진 콘크리트 사이로 키 작은 잡초가 자라나고 있었다. 바람과 새가 씨앗을 옮겨다 준 걸까? 제대로 흡수할 영양도 없을 텐데, 대단하다고 느꼈다.

"그러니까, 이거요? 이 잡초?"

어디선가 본 적이 있는 것도 없는 것도 같은, 아무튼 색다를 게 없는 잡초였다. 그걸 찬찬히 응시하며 묻자, 그녀는 낭랑한 말투로 설명을 이었다.

"잡초가 아냐. 그건 괭이밥이야. 이파리가 하트 모양이고 한쪽 면이 뭔가에 먹힌 것처럼 보여서 그렇게 부르지. 안쪽에는 삼백초도 자라고 있어. 차나 약의 원료가 되는 잡초야. 아니다, 야생에서 자라난 건 배탈이 날 가능성이 있으니까, 그 삼백초로는 차를 끓이지 마."

진지하게 귀 기울이는 상황에서 생뚱맞은 충고를 끼워 넣는데 말문이 막혔다. 처음 만났을 때 꽃을 먹었던 당신이 할 말은 아니잖아.

"안 끓여 먹어요. 그래서 이 괭이밥이랑 삼백초가 어쨌는데요?"

그녀는 의미심장한 미소를 지으며 대답했다.

"잡초라는 이름의 풀은 존재하지 않아. 요컨대 그런 거지."

"요컨대 뭔데요?"

난 지금 제대로 이야기를 듣고 있는 건가? '천재'의 정의에 관해 말하고 있는 게 맞긴 한 건가? 살짝 불안해졌다. 괭이밥과 삼백초를 발견한 사람이 천재라는 소린가? 하지만 이런 잡초는 전국 어디에서든 자라고 있는 것 같은데. 식물학자한테만 한정된 건 아니라고 했으니, 괭이밥이나 삼백초가 다른 분야와 어떤 관계가 있는 걸까? 그녀는 연극이라도 하듯 입술에 검지를 세워 대더니 내게 말했다.

"보너스는 여기까지야. 나와의 게임에서 졌으니 물론 더는 질문할 수 없어. 이제부터는 네가 스스로 생각해 보는 거야."

"당신에 관한 건데 내가 생각한들 알 턱이 있겠어요?"

"으하핫, 듣고 보니 그것도 그렇네."

유쾌한 듯 웃으며 그녀는 씩씩하게 병실로 되돌아갔다. 아무래도 오늘은 정말 이것으로 끝인 모양이었다.

마키나 씨가 어떤 사람인지 여전히 잘 모르겠다. 박식하

고 총명한 사람인가 싶다가도 엉뚱한 농담으로 놀리는가
하면, 의미심장한 말을 할 때도 있다. 일개 고등학생일 뿐인
나는 매번 농락당하기 일쑤다. 하지만 그런 수수께끼 같은
부분까지도 지금의 내게는 유일무이한 매력처럼 느껴졌다.

누구를 위하여 꽃은 필까

어떤 일이든 시작이 있으면 끝이 있는 법이다. 개화한 꽃은 길어봤자 두 주쯤 지나면 시들기 마련이고 이러한 섭리는 내가 부지런히 배달하는 꽃도 예외가 아니다. 그런데 마키나 씨의 병실에 새로운 꽃을 배달할 때마다 화분의 꽃들은 늘 화려하게 병실을 채우고 있었다. 어딘지 이상하다고 생각했는데 오늘에야 화분의 수가 지난주보다 줄었다는 걸 알아차렸다. 시든 화분은 모두 처분하는 걸까? 그에 관해 물었더니 그녀는 기쁜 듯 웃었다.

"눈치챘구나. 마침 잘됐네, 오늘은 특별히 널 나의 비밀기지로 안내할게."

그녀는 말을 끝내자마자 나를 병원 밖으로 데리고 나갔다. 병원 뒤편으로 실외기 따위가 밀집해 있는 인적 없는 곳에 자그마한 화단이 있었다. 거기에는 무수한 식물의 줄기들이 우뚝 솟아 있었다. 꽃잎은 없고 줄기와 이파리만이 바람결에 흔들리고 있는 광경은 흡사 목이 없는 인간을 연상시켰다. 꽃이 다 진 식물을 이곳에 옮겨 심어놓았다는 건 딱 봐도 알 수 있었다. 나는 허리를 숙여 찬찬히 그것들을 바라봤다.

"병원 화단을 무단으로 사용해도 돼요?"

"내가 그럴 사람으로 보여? 당연히 제대로 허가받았다고."

마키나 씨니까 허가 없이 멋대로 사용할 것 같은데요. 물론, 말로는 꺼내지 않았다. 뭐, 위치상으로 봐도 아무도 거들떠보지 않을 듯한 화단인 데다 병원 측에서도 설치상의 실수로 처치 곤란이었을지도 모른다. 내 옆에 웅크리고 앉은 그녀는 머리 없는 꽃들을 살짝 어루만졌다.

"만개가 끝난 뒤 시들어 버린 꽃을 제거하는 작업을 '화후 전정'이라고 해. 이렇게 해주면 종자가 열매를 맺지 않고 다시 꽃을 새로 피울 수 있거든. 그런데 아무래도 이런 계절에 실외에서 제대로 꽃을 피울지는 운에 달렸지."

꽃집에서 일하면서도 몰랐다. 팔리지 않은 채 시들어 버린 꽃을 어떻게 처리하는지. 아마도 점장은 내가 없는 곳에서 화후 전정이라는 걸 했던 모양이다. 엄마는 꽃이 시드는 즉시 쓰레기봉투에 담아 버렸지만. 나는 솔직하게 말했다.

"우와! 하지만 어쩐지 잔혹하다는 생각도 들어요. 몇 번이고 노력해서 꽃을 피운들 자손을 남길 수 없다는 게."

"무슨 소리야? 쓸모없어져서 쓰레기통에 처박히는 신세보다 훨씬 낫지. 오히려 늘 아름답게 보살펴 주고 있으니까, 꽃의 입장에서는 내가 무척이나 고마울걸."

"그럴까요?"

인간이 멋대로 꽃의 기분을 헤아린다는 게 말이 되는 건가? 끊이지 않는 잡담으로 이야기꽃을 피우는 이 시간이, 나는 무척 즐거웠다. 그렇지만 난 이때 깨달았어야 했다. 다시 꽃을 피울 거면서 굳이 화분에서 화단으로 옮겨 심었던 이유를. 마키나 씨가 수술한다는 걸 알게 된 건 그로부터 얼마 지나지 않아서였다.

일주일 후, 병원으로 배달하러 가던 길에 나는 평소와 달리 긴장해 있었다. 행동이 자유롭고 툭하면 엉뚱한 말을 해 대니 간혹 깜빡하는데, 그 사람은 엄연히 환자였다. 게다가 세계에서 거의 전례가 없는, 몸 속에 식물이 자라는 병을 앓고 있다.

'태어났을 때부터 너나 나나 치사율은 백 퍼센트야. 결국 그런 셈이지.'

새삼 예전에 그녀가 했던 말이 떠올랐다. 태연하게 보였던 건, 실은 그런 척한 게 아니었을까? 간호사실에서 방문 허가를 받았는데도 불안을 떨칠 수 없었다. 병이 악화됐다거나 혹시라도 수술이 실패했으면 어떡하나 걱정이 되었다. 창백한 얼굴로 링거를 맞으며 잠든 그녀의 모습이 묘하리만치 선명하게 그려졌다. 병실 앞에서 숨을 고른 다음 노크하고 문을 열었다.

"이야, 오늘도 일하느라 고생이 많네."

여느 때와 같은 모습으로 서 있는 마키나 씨가 눈에 들어왔다. 마음이 한순간에 풀린 탓에 하마터면 화분을 떨어뜨릴 뻔했다. 새로 가져온 화분을 바닥에 내려놓은 뒤 나는 들뜬 목소리로 말했다.

"다행이에요. 수술이 성공한 거네요."

"뭐, 정기적으로 받는 수술이라 호들갑스럽게 염려할 일은 아냐. 그보다 재미있는 걸 보여주지."

그녀는 책상 밑에 있는 소형냉장고를 열고 무언가를 꺼냈다. 그러고는 양손으로 감싸 책상 위에 올려놓았다.

"짠. 이게 뭘까?"

그 순간 나도 모르게 숨이 멎었다. 1리터 크기의 페트병 안에 연한 호박색 액체가 담겨 있었고 바닥에는 검붉은 덩어리가 가라앉아 있었다. 덩어리에서 뻗어 나온 섬유 형태로 된 몇 가닥의 무언가가 액체 안에서 기분 나쁘게 흔들렸다. 마치 새로운 종의 해파리 같았다. 얼핏 봐도 식용은 아니었다. 식욕을 무자비하게 떨어뜨린다면 모를까. 수수께끼 물체가 냉장고 안에 들어 있다는 사실에, 나도 모르게 목소리가 움츠러들었다.

"뭐, 뭐예요, 이게? 기생충 같은 건가요?"

내 반응에 마키나 씨는 웃으면서 손뼉을 쳤다.

"좋아, 이제 오늘의 게임을 시작하지."

"이야기를 끌고 가는 방식이 너무 억지스러운 것 같은데요."

넌지시 따져봤지만, 그녀는 어떤 질문에도 대답할 마음이 없어 보였다. 평소의 여왕님과 같은 태도로 사무용 의자에 앉더니 그녀는 검은 장갑을 낀 오른손 검지를 세웠다.

"너도 알고 있겠지만 병원 개인실은 '특실'이라고 해서, 병원 측의 사정으로 입실한 게 아닌 이상 병실 요금 차액을 본인이 부담해야 해. 여기 있는 가구들은 대부분 자기 부담이라서 병실료 자체는 비교적 싼 셈이지만, 그래도 하루에 오만 원 정도가 들지. 월 백오십 만 원이 넘는 방세라고 생각한다면 상당히 큰돈이야. 하지만 난 이 개인실에 머물면서 책이랑 컴퓨터, 게다가 꽃까지 살 만큼 여유가 있어. 어떻게 그럴 수 있을까?"

나는 순간 할 말을 잃었다. 일부러 이런 문제를 낸다는 건 내가 여태 믿어왔던 대답이 어쩌면 오해였다는 뜻일 수도 있었다. 이번 게임을 통해 이제까지 내가 갖고 있던 생각이 크게 바뀔 것 같은 예감이 들었다. 마키나 씨의 표정에서 아무것도 읽어낼 수 없었다. 나는 게임에 집중하기 위해 둥근 의자에 앉았다.

"글쎄요, 집안이 유복한가요?"

"예스. 별로 인정하고 싶진 않지만."

"그럼, 집에서 금전적 지원을 받고 있겠네요?"

"노. 난 집을 싫어하거든."

"그럼 유산이나 저금을 깨서 쓰고 있다거나, 그런 것도 아닌 거예요?"

"그래, 예스 아니다, 노인가? 어쨌든 그렇지는 않아."

"희귀병이니까 특별히 병실료가 면제된다거나?"

"물론, 노."

"그렇다면 개인실 이용에 필요한 돈을 자력으로 벌고 있다는 거예요?"

"예스."

"그랬군요."

나는 마음속으로 반성했다. 틀림없이 부모의 돈으로 유유자적 생활하는 거라고 단정 짓고 착각했던 스스로가 부끄러웠다. 이제야 나는 타인을 이해하는 일이 왜 중요한지 조금은 알 것 같았다. 마음을 가다듬고 다시 질문을 시작했다.

"평일 낮에 병원을 빠져나가 어딘가의 직장에 다니고 있나요?"

"노. 기분 전환 삼아 산책이나 하는 정도인데, 병원을 벗어나는 일은 거의 없어."

"그렇다면 혹시 이 병원에서 직원으로 근무한다든가?"

"노이지만, 그런 일자리는 싫을 것 같은데."

"그럼, 이 병실에서 그 컴퓨터로 일하는 건가요?"

"예스. 이 좁은 병실에서 내가 하는 일이 뭘까?"

일러스트, 제휴 마케팅, 프로그래밍, 투자, 머릿속에 떠오르는 대로 직업을 제시해 보았지만, 어느 것이든 결과는 노였다. 여왕님은 머리를 쥐어짜는 내 모습을 즐거운 듯 바라보고 있었다.

"투자는 괜찮은 성과를 얻고 있지만, 그게 주체는 아니야. 애초에 밑천이 된 수입원이 있거든. 그게 뭘까?"

다음 질문을 생각해내기까지 약간의 시간이 필요했다. 이렇게 무턱대고 실내에서 가능한 일들을 늘어놔봤자, 아마도 헛수고겠지. 마키나 씨가 일부러 문제를 낼 정도라면 내 상식 안에서 예상할 만한 시시한 답이 아닌 게 분명하다.

문득 냉장고에서 꺼냈던 병이 내 시선에 들어왔다. 마키나 씨가 이 수수께끼 같은 병을 왜 꺼냈을까? 아무 이유 없이 꺼낸 건 아닐 것이다. 그렇다면 이번 게임의 정답과 관련이 있을 수도 있었다. 나는 유기체처럼 생긴 병 속의 내용물에 대해 생각하다가 말했다.

"그 병에 담긴 내용물은 이번 수술에서 떼어 낸 거예요?"

"예스. 참고로, 이렇게 체외로 배출해서 보존하는 체내 조직 같은 걸 '검체'라고 불러. 좀 더 똑똑해졌네, 소년."

"마키나 씨가 하는 일은 그 검체와 관계된 건가요?"

"예스"

"그 일의 성과에 따라 의학적으로 도움을 받는 사람이 많아져요?"

"예스. 좋아, 핵심에 근접했군."

나는 답을 말했다.

"정리가 됐어요. 마키나 씨가 하는 일은, 그 검체를 어딘가의 연구기관으로 보내서 무언가 새로운 치료법이나 치료제를 개발할 수 있게 돕는 거예요."

"예스! 훌륭해. 꼭 명탐정 같군."

내 대답에 마키나 씨는 박수를 쳐주었다. 규칙상으로는 분명 그녀의 패배인데도 환하게 웃는 모습을 보니 진심으로 기쁜 모양이었다. 나는 검체가 든 병에 얼굴을 가까이

대고 찬찬히 관찰했다. 하얀 섬유 형태의 물질이 바로 그 셀룰로스이고 검붉은 구체는 피와 살의 일부인 건가?

"마키나 씨의 검체는 굉장한 가치가 있나 봐요?"

"뭐, 그렇지만 역시 그것만으로는 감당이 안 돼. 그래서 연구에 관한 의학서 번역이나 유익할 것 같은 논문도 찾아 주고 있지. 병에 걸린 박복한 미녀는 세상의 눈을 피해 거짓된 모습으로 살고 있는데, 그 정체가 바로 두뇌가 명석한 미인 연구원이었던 셈이야."

"히키코모리 성향 때문이겠죠."

흥이 깨진 나는 자화자찬에 푹 빠진 여왕님 말에 찬물을 끼얹었다. 어떻게 그런 자신감을 가질 수 있는 걸까? 하긴, 대학생 정도의 나이일 텐데 연구를 보조하고 전문서를 번역하는 걸 보면 역시나 그녀는 놀라운 수완을 가진 게 분명했다. 게다가, 마키나 씨는 확실히 미인이다. 나는 쓸데없는 생각을 얼버무리듯 헛기침을 한 뒤 물었다.

"하지만 그 검체가 어떤 치료에 도움이 된다는 거죠? 마키나 씨의 병은 거의 전례가 없다면서요?"

"오, 관심 가져 주니 누나는 기쁜데. 그러면 '다음 문제는 그것으로……'라고 말하고 싶지만, 좀 어려울지도 모르겠군."

그녀는 검체가 든 병을 들고 가볍게 흔들어 보였다.

"우리가 연구하는 건 당뇨병 치료제야."

"당뇨병? 그건 또 왜요?"

식물처럼 변화해 가는 병과는 그다지 접점을 찾을 수 없는 병명을 듣고 내가 어리둥절해하는 상황도 분명 그녀의 예상 범위에 있었던 모양이다. 내 질문에 대한 그녀의 해설은 대본을 읽듯 막힘이 없었다.

"당뇨병은 혈당치를 낮춰주는 호르몬인 인슐린이 부족해져서 혈당치가 비정상적으로 상승해 버리는 게 문제점이야. 인슐린주사라는 치료법은 너도 알고 있겠지? 그리고 전에도 이야기한 것처럼 내 몸은 글루코스를 소화 불가능한 셀룰로스로도 변환시켜 버리잖아. 만약 이 성질을 투약 같은 방법으로 잘 통제할 수 있다면, 당의 체외 배출을 촉진하고 혈당치의 과도한 상승을 막는 게 가능해질지도 몰라. 이른바 흡수 저해제의 일종이랄까?"

의학 지식이 없는 나도 이해하기 쉽도록 설명해줘서 솔직히 감탄했다.

"굉장한 일이네요. 만약 그 연구가 성공한다면 마키나 씨 이름을 약에 붙여서 후세까지 이름이 남을지도 몰라요."

"글쎄. 정말 그렇게 된다면 좋겠네."

그때 보인 그녀의 표정. 한순간이었지만, 상당히 절박해 보이는 그 표정이 내 마음에 강렬히 남았다. 초연해서 도통

속을 알 수 없던 여왕님이, 처음으로 보인 진심처럼 느껴졌던 것이다. 침묵을 깬 건 나도 마키나 씨도 아닌, 누군가가 문을 두드리는 소리였다. 간호사인가 싶어서 반사적으로 나는 자세를 바로 했다. 병실에 들어온 건 은색 숄더백을 멘 여자였다. 하얀 옷을 입고 있어서 담당의인가 싶었지만, 여자는 한 손을 들고 인사를 건넸다.

"마키나, 오랜만이야. 컨디션은 여전해?"

"오늘은 상당히 빨리 왔네, 메이."

기분 탓인지 마키나 씨의 반응이 조금 딱딱하게 느껴졌다. 메이라는 여자도 그걸 느꼈는지, 들고 있던 손을 겸연쩍은 듯 내리며 말했다.

"마침 업무 일정이 맞아서. 방해한 거야?"

"그렇군. 아냐, 괜찮아. 이게 이번 샘플이야."

곧장 평소 말투로 돌아온 마키나 씨는 자리에서 일어나 검체가 든 병을 집어 메이 씨에게 건넸다. 병을 받은 메이 씨는 은색 가방에 검체가 든 병을 넣었다. 아마도 보냉 기능이 있는 모양이었다.

"응, 고마워. 이 친구는 남동생?"

"설마. 늘 얘기하던, 아리사카 하토야. 나의 사랑스러운 애인이지."

"그럴 리가요. 그냥 꽃집 아르바이트로서 와 있는 것뿐인데요."

나는 마키나 씨에게 차가운 시선을 보내며 그녀의 말을 정정했다. 마키나 씨가 옆에 서 있는 메이 씨를 간단히 소개했다.

"이쪽은 시키미 메이. 제약회사에 소속된 연구원이야. 수술해서 떼어낸 내 검체로 신약 개발 연구를 하고 있지."

"잘 부탁해. 네 이야기는 늘 듣고 있어, 하토 군."

예의 바르게 고개를 숙이는 메이 씨는 꽤 젊었다. 마키나 씨와 편하게 말을 주고받는 걸 보더라도 대충 서른 전후쯤 되지 않았을까 싶었다.

"메이, 진척 상황은?"

"전과 비교하면 그다지 새로운 성과는 없어. 그보다 마키나. 헌체에 관한 건 말인데, 진심이야?"

영문을 알 수 없었지만 메이 씨의 말투에는 기묘한 초조함이 묻어 있었다. 그 질문에 마키나 씨는 대수롭지 않게 손을 젓더니 성큼성큼 사무용 의자 쪽으로 돌아왔다.

"너도 알다시피 난 한번 입 밖에 꺼낸 말은 번복하지 않는 주의야."

상대방은 연구 협력자인데도 그녀의 태도는 어딘가 냉담했다. 사태를 파악하지 못한 채 이리저리 눈치만 살피는 내 앞에서, 메이 씨는 추궁하듯 말했다.

"있잖아, 역시 다시 생각해 봐. 확실히 진척은 더디지만, 이런 연구에서는 필연적으로 직면할 수밖에 없는 문제라고. 신약 개발이라는 건 그만큼 여유를 가진 상태에서 뛰어드는 도박 같은 거야. 기초 해명 작업이 이렇게나 진척됐다는 건, 전혀 진행이 안 되고 있다는 뜻은 아니니까 적어도 조금만 더 이대로⋯⋯."

"메이, 이미 말했을 텐데."

마키나 씨는 매몰차게 말했다. 마키나 씨는 타협은 용납하지 않겠다는 듯 진지한 표정이었다.

"우린 이해관계자야. 난 널 친구로 생각하고 고마운 마음도 있지만, 너와 공모할 생각은 털끝만큼도 없어. 서로가 각자의 목적을 최우선시한다, 그게 계약의 전제조건이었던 걸 잊지 마."

냉철해서 더는 말을 붙일 수도 없는, 그래서 더 진심이 느껴지는 말이었다. 옆에서 가만히 듣고 있는 나까지 무심코 숨을 죽일 만큼. 메이 씨는 여전히 뭔가 말하고 싶은 듯 입가가 미세하게 떨렸지만, 날 보고 마음을 고쳐먹었는지 떨떠름한 모습으로 고개를 끄덕였다.

"알겠어, 지금은 말고, 자세한 건 나중에 다시 이야기하자."

"긍정적인 보고 기다릴게. 건투를 빌어."

몇 번이나 되풀이해 온 걸까. 겉으로 드러나는 의미와는 동떨어진 건조한 말투였다. 메이 씨가 나가자, 어딘가 싸했던 분위기가 돌연 바뀌면서 마키나 씨는 생글생글한 얼굴로 돌아와 있었다.

"하아, 얘기가 길어져 버렸네. 그래도 그 덕분에 네 추리가 정답이라는 사실은 증명된 셈이지. 사람을 보는 안목이 네 안에서 착실하게 길러지고 있는 거야."

하지만 지금의 나는 그녀의 표정도 말도 곧이곧대로 받아들일 수 없었다. 바로 앞에서 메이 씨와 주고받는 대화를 목격했으니 당연히 그럴 수밖에. 인간은 자기와 관계없는 상대에게는 아무런 조건 없이 상냥해진다. 어렴풋이 느끼고는 있었지만, 이 사람은 나를 대등한 입장이라고 생각한 적이 단 한 번도 없다.

"잠깐만요."

그녀는 눈을 끔뻑거리며 나를 보았다.

"제 질문권이 아직 남았잖아요? 좀 전의 게임을 계속하죠."

"뭐? 딱히 상관은 없지만, 난 거짓말 같은 건 안 하니까 걱정하지 않아도 되는데. 그랬다간 게임이 성립하지 않으니까."

"그런 걱정은 안 해요. 거짓말이 섞여 있었다면 오히려 계속 게임을 이어갈 의미가 없으니까요."

물론 내 걱정은 그 반대였다. 남은 질문은 네 번. 물어 봐야 할 내용에 오류가 없도록 나는 무릎 위 주먹을 꽉 쥐었다.

"메이 씨와 맺은 계약에는 검체 제공과 논문 번역 및 검색 외에도 중요도가 높은 조건이 포함되어 있나요?"

"예스."

단답형이었지만, 아까와는 분명하게 선을 긋는 말투였다. 확신과 의혹 사이에서 나는 한 단계 더 나아갔다.

"메이 씨와 공동연구를 진행하기에는 사실상 그 검체만으로는 불충분한 거죠?"

"예스. 수술로 적출한 정도의 양으로는 아무래도 한계가 있지."

"마키나 씨는 본인이 죽은 뒤에 그 시신을 메이 씨의 연구기관에 넘길 작정인가요?"

"예스. 방금 한 질문이 열아홉 번째인데, 그게 대답인가?"

"아뇨, 진짜는 다음이에요."

나는 깊이 숨을 들이쉰 뒤 목소리가 떨리지 않도록 용기내어 물었다.

"마키나 씨는, 다음 수술을 받지 않고 그대로 병을 방치해서 죽을 생각이에요?"

한동안 우리는 말없이 서로를 바라봤다. 서로를 노려본다는 표현이 더 적절할지도 몰랐다. 손을 내밀었다간 그대로 피부가 잘려 나가 버릴 만큼 날카롭게 긴장된 공기가 우리 사이를 가로막고 있었다. 처음으로 마키나 씨의 진짜 감정과 맞닥뜨리자, 한심하게도 나는 두려워 쩔쩔매고 있었다. 그 답이 맞든 틀리든 이제 우리는 이전으로 되돌아갈 수 없다. 몇 시간과도 같은 몇 초가 지난 뒤 출제자는 천천히 손뼉을 쳤다.

　"제법인데. 예스야. 두말할 필요도 없는 완벽한 정답."

　기뻐하는 기색이 전혀 없는 건 나도 마찬가지였다. 믿기 어려운 진실을 직면하자, 나는 숨 쉬는 방법조차 잊어버릴 만큼 충격을 받았다. 얼이 빠진 채 서 있는 나를, 그녀는 지극히 냉정한 태도로 칭찬했다.

　"정확히는 '이번 검체를 사용해서 유익한 성과가 나오지 않으면'이라는 조건이 붙었지만. 잘도 알아차렸네. 놀랐어."

　"놀란 건 이쪽이라고요!"

　나는 폐에 남은 공기를 모두 끌어 모아 겨우 한마디 내뱉었다. 평정을 잃은 내 앞에서도 잔잔하고 진지한 표정을 짓고 있는 그녀의 모습에 나는 더욱 초조해졌다. 맹렬하게 따지고 싶은 충동을 억누르며 나는 추궁했다.

　"치료 거부라니, 어째서 그런 짓을 하는 거죠?"

"이대로 질질 끌어봤자 결말이 나지 않아. 최근 세 번에 걸친 샘플 연구에서 유익한 결과는 보고되지 않았어. 그 분야의 전문가가 세 번이나 시도했는데도 불가능했던 일이, 네 번째나 다섯 번째에 극적으로 진전될 가능성이 있다고 생각해?"

목숨이 달린 일인데도 마치 남의 이야기라도 하는 것 같은 말투였다. 입가에 엷은 미소까지 띠면서 그녀는 말을 이었다.

"메이의 말대로 완전히 교착 상태는 아냐. 다만, 검체를 이용한 실험은 한계에 다다랐어. 생체 상태를 모니터링하려고 이미 이런저런 데이터도 모조리 수집한 상황이야. 난관의 돌파구로 남겨둔 방법은 단 하나야. 사후에 내 시체를 병리학적으로 해부해서 구조를 직접 살피는 거지. 메이가 소속된 연구팀에는 병리과 전문의를 포함해서 뛰어난 인재들이 모여 있거든. 송장이긴 해도 이만큼이나 재료가 있으면 조금이나마 새로운 발견을 할 게 틀림없어. 아참, 참고로 아까 메이가 말한 헌체라는 건 시신을 기증한다는 뜻이야."

"영문을 모르겠네요! 가능성을 따진다면 시체를 사용해서 연구가 발전할 확률이 더 낮은 거잖아요! 아니, 만약 모두 잘 풀린다 한들 마키나 씨는 그 성공을 확인할 수가 없잖아요? 그런 게 죽을 이유가 될 수는 없어요!"

그녀의 논리는 엉망진창이다. 인과관계가 전혀 성립되지 않는다. 마치 '죽는다'라는 결론만을 위해 다른 이유를 준비한 것만 같다.

"하토, 넌 크게 착각하고 있어. 난 거창한 대의나 가능성이 낮은 희망 때문에 목숨을 버릴 만큼 고상한 인간이 아냐. 사람이 죽음을 선택하는 건, 죽을 이유가 생겼을 때가 아니라 살아갈 이유가 사라졌을 때야."

"그러니까 그게 무슨……."

초조해하는 내 눈앞에서 그녀는 느닷없이 상의를 들어 올렸다.

"이것 좀 볼래?"

그녀의 배꼽 오른쪽 윗부분에 있는 속살이 검붉게 변색되어 있었다. 나무옹이처럼 돌출되어 울퉁불퉁해져서 흡사 거대한 부스럼 같았다. 주변 피부가 볕에 그을려 본 적조차 없다는 듯 순백의 색을 띠고 있었던 탓에, 변색 부위가 지나치게 강한 느낌을 주는 것 같기도 했다. 빤히 바라보는 나를 향해 그녀는 시원스레 말했다.

"진짜 나무줄기 같지? 몸 속 셀룰로스 때문에 세포가 상처를 입어서 변색됐어. 제거할 수도 있는데 난 일부러 이 상태로 남겨뒀어."

그녀는 상의를 내린 뒤 변색 부분을 옷 위로 어루만졌다.

"난 삼 개월마다 수술로 체내 셀룰로스를 제거하지 않으면 장기와 혈관이 압박당해서 죽게 돼. 회당 수술비는 전부 합해서 천만 원이 넘는데 대부분 세금과 건강보험으로 충당하지. 알겠니? 지금의 난 살아있는 것만으로도 사회의 짐이야. 그뿐만이 아니라고. 이대로 메이의 연구가 좌절된다면 이제까지 들인 비용도 전부 무용지물이 되지. 그러니 내 시신이 조금이나마 세상과 사람을 위해 쓰인다면 이런 몸일지언정 태어난 보람이 있겠지. 실패한다 해도 그것 나름대로, 내 병에 들어간 비용 문제는 얼마간 해결되는 셈이니까."

"그런 건 말도 안 돼요. 사회제도 좀 이용한다고 짐 같은 존재가 되는 건 아니라고요. 마키나 씨 같은 사람을 지키려고 그런 제도가 존재하는 거예요."

나는 물러서지 않고 자학과도 같은 그녀의 말을 반박했다. 그렇게 해야만 그녀가 자기 미래에 대한 어리석은 생각을 고쳐먹을 거라고 그 순간 생각했다. 그녀는 짧게 한숨을 내쉬었다.

"그건 정론일 뿐이야. 동시에 강자의 논리이기도 하지."

그러더니 나를 향해 의미심장한 눈빛을 보내며 담담하게 물었다.

"네가 날 신경 써주는 건 내가 젊고 예쁜 여자여서겠지?"

"실없는 소리 좀 그만 해요! 난 진지하게 말하는 거라고요!"

말로 표현할 수 없는 감정의 응어리가 폭발해 나는 거칠게 말을 내뱉었다. 그녀는 재롱부리는 강아지라도 타이르듯 침착하게 말을 이었다.

"난 언제나 너보다 진지해. 내 몸 속에서 생성되는 셀룰로스는 수술로 전부 남김없이 제거할 수 있는 성질의 것이 아냐. 일부는 분자 형태로 몸속을 돌아다니면서 여기저기 세포의 산소를 잡아먹고 결합 생장을 하지. 이런 식으로."

그녀는 늘 착용하던 장갑을 벗고 속살이 드러난 왼손을 내게 보여줬다. 노출된 왼손은 새끼손가락 삼분의 일 정도가 복부처럼 갈색으로 칙칙했다. 그런데 묘하게 윤곽이 뾰족했다. 가만히 들여다보던 나는 말문이 막혔다. 손 안쪽에서 피부를 뚫고 자그마한 가시 같은 것이 튀어나와 있었다. 아마 이게 셀룰로스인 모양이다. 통증은 없는 것처럼 보였지만, 과연 그게 살을 뚫고 나오는 순간에도 통증이 없었을까? 아니, 지금도 피부를 뚫고 나오는 중이니 어쩌면 그녀는 극심한 통증에 시달리고 있는 건 아닐까?

지금 이 순간까지 난 그녀가 떠안은 병의 무게에 대해 심각하게 인식하지 않았다. 그녀가 그런 내색을 한 번도 보인 적이 없기도 했지만, 이 사람이라면 자신의 희귀병조차 지혜와 재치로 극복해 버릴 거라고, 그렇게 생각하고 있던 것이다. 장갑을 다시 낀 마키나 씨는 평소의 초연한 태도로 말했다.

"이대로 정기 수술을 이어간다면 아마 6년에서 7년쯤 연명할 수 있겠지. 그사이에 내 병의 치료법이 발견될 가능성도, 뭐, 제로는 아니야. 하지만 그 무렵이면 내 피부는 완전히 너덜너덜해진 뒤일 거야. 피부뿐만이 아니겠지. 머지않아 팔과 다리를 절단해야 할 테고, 결국엔 얼굴에까지 영향을 끼쳐서 인간이라고는 생각되지 않을 만큼 몸의 구조가 일그러질지도 몰라."

"겉모습이 뭐가 어때서요! 그런 건 중요하지 않……."

"중요한 문제야. 특히 여자로 태어난 내게는 말이지. 그 증거로, 좀 전에 넌 나의 검체랑 변색한 피부를 보고 얼굴을 찡그렸잖아."

순간 나는 굳어지지 않을 수 없었다. 설마 이 사람은 앞으로의 대화가 어떻게 이어질지 예측이라도 한 건가? 환부를 일부러 드러낸 거였나?

"그, 그건……."

"탓하는 게 아니야. 한창 자라는 너로서는 쉽사리 상상할 수 없다는 것도 무리는 아니니까. 병 때문에 평범한 식사나 일상생활조차 마음대로 되지 않는 사람들이 있다는 사실과 내가 젊은 나이에 흉측하게 썩어간다는 게, 아무래도 너한 텐 머나먼 세상의 일일 거고."

우울한 표정으로 한숨을 쉬는 그녀에게, 나는 이를 악물고 최대한 낮은 목소리로 물었다.

"그렇다면 뭔데요? 상상하지 못하니 당신이 죽는 걸 가만히 내버려두라는, 뭐 그런 말을 하고 싶은 거예요?"

"그래. 무엇보다 넌 그래야만 해. 이 세상은 올바른 지식과 상상력이 부족한 인간한테는 '선택할 권리'를 부여하지 않아. 그와 동시에 오히려 그런 인간들이 더 살기 편하게 되어 있기도 하지."

마키나 씨는 사무용 의자 위에서 우아하게 다리를 꼬았다. 그러더니 무자비하게 심판을 내리는 위풍당당한 여왕처럼, 내 목 가까이 의문의 창을 들이댔다.

"생각해 봐. 7년 뒤에 내가 흉측한 멍청이가 되어 이 침대에 누워 있는 모습을. 그런 미래가 다가와도 과연 지금처럼 변함없이 날 걱정해 줄 거라고 단언할 수 있어?"

그 뒤, 어떻게 병실에서 나왔는지 정확한 기억은 나지 않는다. 간호사가 들어와서 자연스레 그렇게 된 듯한데, 그 외의 것들은 기억하지 못할 만큼 나는 정신이 나가 있었다. 가게에 돌아가야 한다는 사실조차 잊은 채 비틀거리는 발걸음으로 병동을 나서다가 누군가가 불러 세우는 목소리에 겨우 정신을 차렸다.

"잠깐 시간 돼?"

고개를 드니 시키미 메이 씨가 서 있었다. 고작 십여 분 전이었는데 메이 씨와 만난 게 며칠이나 지난 일처럼 느껴졌다. 나는 상체를 곧게 펴고 그녀와 마주 섰다.

"무슨 일인데요?"

"물론 마키나의 일이야."

나는 그녀를 따라 안뜰로 가서 벤치에 나란히 앉았다. 메이 씨는 다짜고짜 질문을 던졌다.

"너에 관해서는 마키나한테 들었어. 넌 어디까지 알고 있는 거지?"

그 질문은 메이 씨도 마키나 씨의 결정을 알고 있다는 걸 의미했다. 벌레라도 씹은 듯한 기분으로 나는 말을 쥐어 짜냈다.

"이번 검체로 성과가 나지 않을 경우, 수술을 거부하고 죽을 생각이라는 것까지요."

"거의 다 알고 있구나."

"알게 된 건 불과 조금 전이에요."

쌀쌀맞게 대꾸하자, 메이 씨는 슬픈 듯 눈을 내리깔았다.

"그렇구나. 마키나는 진심이라는 거네."

"메이 씨라면 말릴 수 있죠? 적당히 '성과가 있다'라는 식으로 말하면 마키나 씨 생각이 바뀌지 않겠어요?"

마키나 씨의 목숨을 단념하는 듯한 그 말투가 신경을 건드렸다. 나와 달리 지식도 경험도 풍부한 그녀라면 만류할 방법 정도는 얼마든지 생각해 낼 수 있지 않을까? 그러나 그런 건 메이 씨가 이미 몇 번이고 지나온 길이었다.

"불가능해. 평범한 여대생이었다면 구워삶을 수도 있었겠지만, 마키나는 똑똑한 친구야. 구체적으로 뭐가 어떻게 진전된 건지 묻는다면 모순 없이 대답할 자신이 없어. 그런 짓을 해 봤자 괜히 그 애한테 상처만 줄 뿐이야."

메이 씨가 일부러 나를 불러 세운 걸 보면, 그녀는 마키나 씨에게 업무상 관계 이상의 특별한 마음을 가지고 있다는 의미겠지. 하지만 그 진의가 어찌 됐든 그 사람은 이런 메이 씨를 차갑게 뿌리쳐 버렸다. 곁눈질로 나를 바라보는 메이 씨의 눈동자에는 체념의 빛이 묻어 있었다.

"마키나는 이젠 마음을 바꾸지 않을 거야. 너랑 지금의 관계를 갖고 있다는 게 그 증거야."

"그게 무슨 뜻이죠?"

어째서 느닷없이 나를 언급하는 걸까? 무의식적으로 말투가 거칠어진 나와 달리, 메이 씨는 여전히 차분했다.

"마키나의 몸속에 있는 셀룰로스는 췌장의 활동으로 특

수하게 변이된 당 분자가 체내 산소와 반응하면서 생성되는 거야. 즉 심박수가 증가해서 산소를 운반하는 혈액 공급량이 늘어나면 그만큼 몸이 빨리 좀먹는 거지. 여기까지 말하면 알겠지?"

심박수의 증가라면 운동이나 고혈압. 그것 말고 영향을 끼치는 게, 긴장했을 때?

"마키나 씨는, 사랑을 하면 죽나요?"

바보 같은 결론이라고 생각하면서 메이 씨를 쳐다보니 그녀는 그저 괴로운 듯 고개를 떨궜다. 말도 안 돼.

"있을 수 없는 일이에요. 난 그저 꽃집 아르바이트생일 뿐이고 마키나 씨한테는 심심풀이로 하는 게임 상대일 뿐이에요! 고작 그런 이유로 마키나 씨가 죽음을 각오하고 있다니, 아무리 그래도 너무 비약이 심한……."

"마키나한테는 고작 그런 이유가 특별한 거야."

메이 씨가 말을 자르고 대답했다.

"마키나의 피부가 조금씩 변색하고 있는 건, 알아?"

나는 마지못해 고개를 끄덕였다.

"그러면 마키나의 고등학교 시절 이야기는?"

"네? 마키나 씨는 쭉 입원 생활을 한 게 아니었어요?"

"역시 그건 말하지 않았나 보네. 지금부터 하는 이야기는 비밀로 해줘."

자세를 고쳐 앉는 메이 씨를 보니 앞으로 들려주려는 말이 중요하다는 걸 알 수 있었다. 그녀는 깊이 숨을 들이마신 후 이야기를 시작했다.

"마키나는 2학년 무렵까지 고등학교에 다녔고 친구도 있었어. 격한 운동은 불가능했지만, 문예부 활동은 즐겁게 했던 모양이야. 입원은 수술할 때만 필요했는데, 그마저도 마키나는 좋아하지 않았어. '병으로 죽으면 그만이다, 현재가 즐거우면 그것으로 충분해'라고 생각했었지."

"상상이 안 되는데요……."

나는 멍하니 중얼거렸다. 여왕님이 교복을 입고 등교하는 모습도, 반 친구와 요란하게 수다를 떠는 광경도 완전히 내 상상 밖이었다.

"다른 여고생들처럼 남자애랑 사귀기도 한 모양이야. 그러다 남자친구랑 단둘이 있을 때 야릇한 분위기가 된 적이 있었대. 남자친구가 갑자기 옷을 벗기는 바람에 마키나의 옆구리가 드러나 버렸는데, 하필이면 딱딱해져서 변색이 심하게 된 부위였나 봐. 그걸 본 남자친구가 불쾌한 표정으로……, 뭐, 한마디로 김이 새버린 거지. 결국 그 이상 관계가 발전하지 않았던 건 불행 중 다행일지도 모르지만."

뇌의 한구석이 찌릿하게 달아오르는 느낌이었다. 이제까지 난 내 상황에 불만을 갖는 일은 있어도 타인에게 분노를

품는 일은 거의 없었다. 딱히 온화한 성격이라서가 아니다. 사람이란 쉽게 바뀌지 않으니까, 화를 내도 의미가 없으니까, 순응하든지 아니면 환경을 바꾸려 노력하는 편이 차라리 생산적이라고 생각했다. 그래서 지금 스스로도 놀라고 있었다. 이름도 얼굴도 모르는 그 남자한테 격렬한 살의를 느끼는 나 자신에게.

"마키나는 '남자란 존재는 정말이지 저질'이라며 웃어넘겼지만, 트라우마로 남지 않았다면 오히려 이상할 정도지. 사건이 있던 날 밤에 구급차에 실려 입원한 뒤 그대로 학교를 그만두고, 완전히 병원 밖과 단절된 생활을 선택했으니까. 그런데 이 타이밍에서 마키나가 고등학생 남자애랑 특별한 관계를 맺은 이유가 있다면, 그건 오직 하나겠지."

메이 씨는 심각한 표정으로 날 쳐다보며 딱 잘라 말했다.

"죽기 전에 한 번 더 사랑을 하고 싶었던 거겠지. 넌, 마키나의 마지막 연인으로 선택된 거야."

"웃기지 말아요!"

정신을 차려보니 나는 벤치에서 일어나 있었다. 주위의 시선이 일제히 내게 쏠리는 게 느껴졌지만, 아무래도 좋았다. 게임이 끝난 후 줄곧 내 안에 뒤죽박죽 얽혀 있던 감정을 어떤 형태로든 토해내지 않고는 견딜 수 없었다. 그녀와 내가 어떤 관계인지 아무것도 모르면서, 불과 한 시간 전에 날 처음 보았으면서 뭘 안다고. 메이 씨를 내려다보며 나는 따져 물었다.

"그런 건 당신의 추측일 뿐이잖아요! 만약 그게 맞다 하더라도, 마키나 씨가 남자한테 트라우마라도 생겼다면 메이 씨가 연애 상대가 될 가능성이 훨씬 더 높겠죠!"

"나도 조금 기대는 했어. 정말 그랬더라면 좋았을 텐데."

메이 씨의 말은 조용조용했지만, 내가 질러대는 고성보다 훨씬 더 귓가에 깊이 박혔다. 그녀는 씩씩거리는 나를 침착하게 올려다봤다. 그 눈동자에는 나를 향한 불쾌감이 아닌 어딘지 부러워하는 듯한 기색이 맴도는 것처럼 보였다.

"마키나는 기껏해야 허물없는 친구 정도로밖에 날 생각하지 않아. 넌 모르겠지만, 원격 통화로 회의할 때면 늘 마키나는 네 이야기를 신나게 들려주곤 해. 질투가 날 만큼."

어떤 말을 해야 할지 생각이 나지 않았다. 나는 벤치에 다시 앉아 침울한 목소리로 물었다.

"그래서 나보고 어쩌라는 거죠?"

그러자 메이 씨가 벌떡 일어나더니 내 맞은편에 섰다. 힘없이 고개를 떨군 내게 그녀는 말했다.

"가능한 범위 내에서도 좋으니까, 마키나의 변덕에 맞춰줬으면 해. 그렇게 함께 즐거운 추억을 잔뜩 만들어줘. 마키나가 앞으로 어떤 길을 선택하든 그 애한테는 그 추억이 최고의 구원이 될 테니까."

　그러고는 대답도 듣지 않고 자리를 떴다. 한동안 나는 꽃집 아르바이트도 잊고 그 자리에 고개를 숙인 채로 계속 앉아만 있었다.

　그날 밤, 자정이 지났는데도 나는 잠들지 못하고 깨어 있었다.

　병원을 나와 가게로 돌아와 아무 일도 없었던 것처럼 계속 힘쓰는 일에 몰두했다. 머릿속은 조금도 정리되지 않았지만, 누구에게도 속내를 들키고 싶지 않았다. 몸을 움직일 때는 그나마 생각을 멈출 수 있었는데, 방에 혼자 있으니 결국 도로아미타불이었다.

　아침에는 학교에 가야 했으니 빨리 잠자리에 들어 체력을 회복해야 한다. 너무 의욕적으로 일한 탓에 몸도 완전히 지쳐 있었다. 그런데도 전혀 잠이 오지 않는 건, 분명 무의식적으로 내가 잠들지 않으려 애쓰는 탓이었다. 아침이 오지 않게 해줘. 그 사람의 수명을 깎아 먹지 말아줘. 그렇게 바라는 탓이다. 내가 잠들지 않는다고 한들 세상에 미치는 영향 따위 전혀 없었지만 말이다.

　'네가 날 신경 써주는 건 내가 젊고 예쁜 여자여서겠지?'

그때 '노'라고 말했다면 그 뒤의 상황이 조금은 달라졌을까? 아니. 결과는 바뀌지 않았을 것이다. 내 판단 따위와는 상관없다. 문제는 그녀 자신, 그리고 사회 전체의 공통 인식이니까.

외모지상주의 같은 건 아무 가치가 없다, 중요한 건 내면이다? 인간 가운데 대체 얼마만큼의 숫자가 외모가 아닌 내면을 선택할까?

동물과 사람의 우정이 감동을 자아내는 건 인간에게 동물이 보호 욕구를 불러일으키는 귀여운 모습을 하고 있어서다. 동화《미녀와 야수》는 흉측한 야수 곁에 '미녀'가 있었기에 명작이 될 수 있었다. '세상 모두가 등을 돌린다 해도 널 사랑해' 따위의 듣기 좋은 대사를 내뱉는다 한들, 교통사고로 연인의 얼굴이 추하게 망가져 버리면 백 년의 사랑도 한순간에 식기 마련이다.

아니다. 내 판단과는 상관없다고 말하는 것이야말로 비겁한 현실 도피다. 의도적으로 회피해 왔던 가정을 상상해 봤다. 만약 마키나 씨가 우중충한 용모의 중년여성이었다면 나는 어쩌면……, 아니, 틀림없이 이렇게까지 마음이 끌리지는 않았겠지. 설령 모든 상황이 똑같았다고 해도 내 쪽에서 적극적으로 다가갈 생각은 하지 않았을 것이다.

스스로 그걸 깨닫고 나니, 더군다나 그런 속내를 간파당하고 보니 그 어떤 말로도 위안이 되지 않는 현실이 답답하기만 했다. 그녀와 조금씩 마음이 통하고 있다며 들떴던 건 나만의 독선이었을지 모른다.

'스무고개 게임'은 내가 진실을 알아가고 올바른 선택을 할 수 있도록 돕기 위해 시작되었다. 진실을 알게 된 결과가 이런 거였다면 애당초 아무것도 모르는 편이 나았을 텐데. 그런 생각이 들었다. 설령 마키나 씨가 나오는 상관없는 곳에서 죽는다 해도, 마지막까지 미적지근한 놀이 상대로 있었더라면 차라리 더 낫지 않았을까? 만약 오늘의 내 선택에 뭔가 착오가 있었던 거라면? 내가 골라야만 했던 '올바른 선택'은 대체 뭐였을까?

"나보고 어쩌라는 거야, 젠장."

나는 지독한 풀냄새를 맹렬하게 발산하는 혐오스러운 관엽식물을 노려봤다. 저 식물의 모습을 만들어내는 물질과 똑같은 것이 그 사람의 몸을 좀먹고 있다. 그런 생각이 들자, 공연히 화가 치밀었다. 침대에서 일어나 고무나무 잎을 잡아 뜯었다. 뚝, 하는 촉감과 함께 손바닥 크기의 커다란 잎이 줄기에서 떨어져 나갔다.

뜻밖에도, 후련한 기분이었다.

HERBICIDE

구와바타 생화점의 도어 벨이 청량하게 울리자, 뒤뜰에서 작업 중이던 점장이 목소리를 높여 인사했다.

"어서 오세요!"

서둘러 가게 앞으로 나와 보니 사십 대 중반으로 보이는 여자가 서 있었다. 비닐봉지를 들고 여자는 어찌할 바를 모르겠다는 표정으로 거의 들릴락 말락 한 목소리로 점장에게 물었다.

"죄송한데, 점장님 계세요?"

"제가 점장인데요, 무슨 일이시죠?"

여자는 손에 들고 있던 비닐봉지를 공손히 내밀었다.

"전 아리사카 하토의 엄마인데요. 제 아들이 점장님께 늘 신세를 지고 있네요. 이거, 별거 아니지만……."

"아, 하토 군의 어머님이시군요! 별말씀을요. 일을 잘해
줘서 저야말로 늘 큰 도움을 받고 있답니다."

점장은 상냥하게 대꾸하며 감사의 말과 함께 선물을 받
았다. 하토의 엄마는 점장의 얼굴을 조심스레 들여다보며
낮은 목소리로 물었다.

"그게, 제 아들 일로 왔는데요, 점장님이 보셨을 때 최근
에 뭔가 마음에 걸리는 일이 없었을까요?"

"마음에 걸리는 일이요? 아뇨, 업무도 평소대로 잘해주
고 있는데요. 무슨 일이라도 있었나요?"

점장이 어리둥절한 표정으로 묻자, 그녀는 근심 어린 얼
굴로 눈을 내리깔았다.

"그렇군요. 실은 최근에 하토가 좀 이상해서요. 소중히
기르던 관엽식물의 잎을 잡아 뜯지를 않나, 밤늦도록 잠을
안 자고 아침에 늦게 일어나지를 않나, 아침을 걸렀는데 도
시락까지 남기고. 여태 그런 적이 없었거든요."

점장은 손으로 턱을 감싸 쥐고 잠시 고민한 후 말했다.

"흐음, 역시 제가 짐작할 만한 부분은 없네요. 학교에서
무슨 일이라도 있었던 게 아닐까요?"

"네, 저도 그렇게 생각해서 담임 선생님께 전화로 여쭤
봤지만, 짚이는 데는 없다고 하셔서요. 성적이나 평소의 품
행에는 문제가 없는 데다 늘 차분해서 누구와도 문제를 일

으킨 적이 없대요. 최근 몇 달 새에 변한 걸로 봐서는 이쪽에서 일하게 된 무렵부터니까, 실례를 무릅쓰고 찾아왔답니다."

"그러셨군요. 뭐, 고등학생 남자애니까 감정에 기복이 생기는 시기도 있겠죠. 지금은 가만히 지켜봐 주는 것도 좋을 것 같은데요."

점장은 일부러 낙관적으로 조언했지만, 그녀의 얼굴은 여전히 개운치 않아 보였다. 초조해하며 꼼지락거리다가 그녀는 불안하다는 듯 말을 꺼냈다.

"그런 걸까요? 하토는 반항기도 없는 어른스러운 아이여서 아무래도 더 염려가 돼요. 그나저나 애가 하는 일이 구체적으로 어떤 건가요?"

"화훼 농가에서 납품받은 화분을 정리하거나 물을 주고 흙을 손질하거나 제가 없을 때는 저 대신 손님을 응대하죠. 가게 청소를 맡기도 하고, 여러 가지랍니다. 꽃집이라는 곳이 의외로 힘쓰는 일이 많다 보니 귀중한 일손이 되어줘서 고마워하고 있어요. 최근에는 주문 배달도 맡고 있는데 배달지가 근방일 경우에는 자전거로 납품하러 가기도 하죠."

점장의 이야기에서 뭔가 걸리는 점이 있던 모양이다. 그녀는 고개를 들고 물었다.

"배달, 혹시 그 일을 할 때 하토가 손님한테 뭔가 클레임을 받았다거나, 그런 경우는 없었나요?"

"아뇨, 그럴 일은 거의 없을 겁니다. 뭔가 문제가 있으면 곧장 전달하도록 일러두기도 했고, 저희 고객은 대부분 안면이 있는 단골이니까요. 하토 군이 늘 꽃을 배달하러 가는 손님도 제가 전화로 주문을 받는데, 특별한 문제가 있는 것 같지는……."

"하토가 늘 꽃을 배달하는 사람이 있다는 말씀이세요? 대체 어떤 사람이죠?"

예민하게 그녀가 추궁하자, 점장은 사람 좋은 미소로 넘기려고 한다.

"그건 말씀드릴 수가 없네요. 손님의 개인정보는 누설해서는 안 되는 의무가……."

"부탁드립니다! 제발 그 사람이 누군지 알려주세요! 어쩌면 하토에 관해 뭔가 알고 있을지도 모르잖아요!"

그녀는 당장 멱살이라도 쥘 듯이 달려들며 소리쳤다. 그 기세에 압도당하면서도 점장은 부드럽게 그녀를 설득하려고 애썼다.

"그렇게 말씀하셔도 말이죠, 애초에 어떤 관계인지 확실한 것도 아니니까요. 무슨 일이 있어도 꼭 확인하셔야겠다면 일단 하토 군한테……."

"소용없어요. 무슨 일이 있냐고 물어도 그 애는 절대 대답해 주지 않으니 부탁드릴 분은 이제 점장님밖에 없어요."

그녀는 어깨를 축 늘어뜨리고 코를 훌쩍이면서 말했다. 자식을 가진 엄마가 의기소침해하는 모습을 보니 점장은 마음이 아팠다. 더듬더듬 말을 잇는 그녀의 발치로 눈물 한 방울이 떨어졌다.

"사적인 일이긴 하지만, 제 남편은 2년 전에 세상을 떠났답니다. 그 뒤로 전 아들의 행복만을 바라며 살아왔어요. 호들갑스럽게 들리실지도 모르지만, 하토는 제 삶의 희망이랍니다. 만약 그 애가 심신에 병이 생겨 제 아빠의 뒤를 따라가기라도 한다면, 전 더는 살아갈 자신이 없어서……."

그녀는 눈물이 얼룩진 얼굴로 점장에게 간절히 빌었다.

"부탁드릴게요, 절대 손님이나 점장님께 해가 되는 일은 안 할 테니까요. 전 그저 그 손님한테 슬쩍 하토에 관해 물어보고 싶을 뿐이에요."

마치 신에게라도 매달리는 듯한 태도로 애원하는데 덮어놓고 거절할 수 있는 인간이 과연 이 세상에 얼마나 있을까. 점장은 입을 꾹 다문 채로 고개를 끄덕였다.

"알겠습니다. 그런 사정이 있으시다니 어쩔 수 없죠."

고개를 든 그녀에게 점장은 쓸쓸한 듯 웃어 보였다.

"실은 제 형도 젊어서 마음의 병을 얻고 세상을 떠났답니다. 어머님의 근심은 저도 뼈저리게 이해하는 부분이에요.

대놓고 말하기는 뭣하지만, 이렇게 융통성을 발휘할 수 있는 것도 자영업의 특권이니까요."

"감사합니다. 정말이지……, 감사합니다."

목이 메어 깊이 고개를 숙이는 하토의 엄마를 향해 점장은 관대하게 웃어준 다음 즉시 계산대 뒤쪽에 보관하던 주문서를 꺼냈다.

"하토 군이 꽃을 배달하는 손님은 입원 중인 소노 마키나 씨라는 분인데, 병원 이름은……."

◇

어스레하고 휑뎅그렁한 방 안에서 수염을 기른 직원이 카운터 너머로 내게 손도끼 한 자루를 건넸다.

"학생이 의외네. 무슨 사연이라도 있나?"

"뭐, 그렇기도 하고 아니기도 해요."

처음 도끼를 손에 들었을 때는 자그마해도 묵직하니 무거워서 긴장을 늦추면 떨어뜨릴 것만 같았다. 나무꾼이 연못에 도끼를 떨어뜨렸다는 옛날이야기도 수긍이 갔다.

마키나 씨에 관한 이야기를 듣고 난 뒤부터는 공부나 일에 집중을 하려 해도 기분이 전혀 나아지지 않았고, 유일한 즐거움이던 외식을 할 때조차도 식욕이 생기지 않았다. 뭔

가 더 좋은 스트레스 해소법이 없는지 구글에서 검색하다
가 도끼 던지기 카페의 존재를 알게 되었다. 노래방이나 오
락실은 동급생이라든가 순찰하는 교사와 마주칠 것 같아서
피하고 있었는데, 이렇게 닳아빠진 분위기의 장소라면 갑
작스레 맞닥뜨릴 일도 없을 것이라 생각했다. 고등학생이
오기에는 요금도 비싸니까.

한 팀씩 나뉜 목제로 된 칸막이벽에는 깊이 배인 흔적이
무수히 새겨져 있었다. 분위기 조성을 위한 설정이라고 믿
고 싶었지만, 만약 이용자가 잘못 던져서 생긴 흔적이라면
대체 얼마나 통제 불능의 상태였을지 상상하기 힘들었다.
동행이 중상을 입은 게 아니길 바랄 정도다.

정면에는 다섯 개의 동심원 안에 빨간 중심점이 그려진
나무 과녁판이 있었다. 도끼를 상단에 겨누고 일단 한 발
던졌다. 부웅, 공기를 찢는 소리와 함께 도끼가 날아가더니
과녁에 날이 깊이 꽂혔다. 중심에서는 크게 벗어났지만, 꽤
기분이 좋았다. 박혀버린 도끼를 빼내(제법 힘이 필요했다)
다시 과녁을 마주했다.

그러면 안 된다는 걸 알면서도 나는 상상하고 만다. 이
도끼로 그 녀석을 없애버린다면 얼마나 통쾌할까? 본 적도
없는 장면이 뇌리에 떠오른다. 방 안에서 마키나 씨를 강
제로 쓰러뜨리는 남자, 그가 떠난 뒤 혼자 조용히 눈물짓는

마키나 씨, 그녀를 울린 장본인은 다음날 모든 걸 까맣게 잊은 채 교실에서 까불며 떠들었겠지. 그리고 지금쯤 대학에 가서 다른 여자와……, 뇌의 한쪽 구석이 달아오르는 듯해서 나는 손도끼를 상단에 겨눈 채 있는 힘껏 던졌다.

"죽어……."

"으아아아, 죽어버려, 이 망할 것들아!"

돌연 바로 옆 칸에서 들린 절규에 내 손목은 보기 좋게 엇나가고 말았다. 동작을 어정쩡하게 멈추려고 한 탓에, 손도끼는 왼쪽으로 비켜 날다가 레인을 구분 짓는 칸막이벽에 꽂혔다. 이 가게의 통제 불능 역사에 새로운 한 페이지를 새긴 셈이다. 벽이 없었다면 대체 어떻게 됐을까? 나는 가슴을 쓸어내렸다.

나는 뒤로 물러나 옆 칸을 들여다봤다. 그곳에는 나와 비슷한 연령대의 여자애가 무릎에 손을 짚은 채 막 전력 질주라도 끝낸 것처럼 숨을 헐떡이고 있었다. 도끼는 과녁의 중심에 훌륭하게 꽂혀 있었다. 나도 모르게 작은 감탄사가 흘러나왔다. 그 소리를 들은 소녀는 허둥지둥 뒤돌아보더니 부끄러운 듯 사과했다.

"앗, 죄송해요. 그만 흥분해서 큰소리를……."

"아뇨, 뭐 그러려고 오는 장소니까요. 어라?"

자세히 보니 소녀는 우리 학교 교복을 입고 있었다. 컬을 넣은 곱슬머리와 둥글고 투박한 안경. 낯이 익었다.

"사카키바라?"

순간 소녀의 안색이 파랗게 질렸다. 고개를 숙이는 데 필사적이어서 내 교복 차림도 알아차리지 못한 모양이었다. 그녀는 얼어붙은 듯 천천히 고개를 돌리더니 내 얼굴을 응시했다.

"하토?"

말없이 고개를 끄덕이자, 사카키바라는 머리를 감싸 쥐었다. 좀 전의 절규는 오히려 귀여웠다고 느낄 만큼 고래고래 소리를 질러대는 통에 나는 상당한 이명에 시달려야 했다.

"으악! 완전 최악이야! 왜 네가 이런 곳에 있는 거야? 도끼 던지기 카페는 건전한 고등학생이 올 곳이 아니라고! 스트레스를 풀 거라면 보통은 친구랑 같이 게임센터 같은 데 가잖아!"

"너도 왔잖아?"

내가 귀를 틀어막으면서 험악한 표정의 직원이 버티고 있는 카운터를 턱으로 가리키자, 그제야 사카키바라는 평정을 되찾았다. 그녀는 방금까지와는 대조적일 만큼 목소리를 낮추며 주뼛주뼛 눈을 치켜뜨고 날 바라봤다.

"저, 저기, 내가 여기 온 것도, 아까 했던 말도 부탁인데

학교에선 비밀로 해주면……."

"아무한테도 말 안 해. 그럴 친구도 없고."

자리로 돌아온 나는 칸막이벽에 꽂힌 손도끼를 뽑으며 제안했다.

"비밀로 해주는 대신이라고 하기는 좀 뭐하지만, 어떻게 하는지 좀 알려줄 수 있겠어?"

사카키바라는 상당히 자주 이 카페를 찾는 듯했다. 손도 끼 다루는 솜씨는 물론 던지는 자세까지 무척이나 숙련되 어 있었다. 내가 지켜보는 동안에만 세 번을 던졌는데 두 번째 원보다 바깥쪽에 명중하는 법이 거의 없었다. 대회에 참가한다면 높은 순위에 들 것 같았다. 대회가 있을 경우의 이야기지만.

나 역시 교대로 묵묵히 도끼를 던졌지만, 가장 커다란 원 안쪽을 겨냥하는 것조차 뜻대로 되지 않았다. 그렇지만 사 카키바라는 그런 나를 비웃지도, 자신의 솜씨를 뽐내지도 않고 그저 겁먹은 눈으로 날 볼 뿐이었다.

"저기, 나 말이야. 사실 돈이 별로 없는데……."

"됐어. 입막음 대가 같은 걸 뜯어내진 않을 테니까."

믿을 수 없는지 사카키바라는 여전히 불안한 표정이 었다.

"야한 부탁 같은 것도 하지 말아줬으면 좋겠는……."

"넌 날 뭘로 보는 거냐?"

가시 돋은 말투로 되받아 치자, 사카키바라 역시 기분이 상했는지 툭 내뱉었다.

"그렇겠지, 상관없어. 어차피 나 같은 건 매력이라곤 전혀 없는 못난이니까."

"헐, 말을 말아야지."

어떻게 대답해야 했을까? 역시 상관하지 말았어야 했다고 생각하면서, 나는 거의 있지도 않은 오기를 끌어 모아 슬쩍 말을 건넸다.

"그냥 잠깐 이야기를 들어보고 싶었을 뿐이야. 얌전해 보이는 네가 이런 곳에 있다는 게 의외였으니까."

"딱히 이야기할 만큼 재미있는 내용도 아닌데."

입으로 떠들면서도 사카키바라는 타이밍 좋게 손도끼를 높이 휘둘렀다. 쿵. 손도끼는 시원시원한 소리를 내며 이번에도 과녁 중심 가까이에 꽂혔다.

"보다시피 난 태어날 때부터 이런 곱슬머리라서 반 여자 애들한테 적잖이 괴롭힘을 당하잖아? 전자레인지에 넣고 돌린 머리카락 같다나 뭐라나. 상대방이 적반하장으로 나오면 귀찮으니까 적당히 웃어넘기고 있지만, 옛날부터 콤플렉스였으니까 기분이 좋지는 않아. 물론 어떻게든 바꿔

보려고 노력 중인데 머리카락의 기질 때문인지 좀처럼 나아지지 않네."

"그랬군. 그래서 이 과녁을 그 녀석들 얼굴이라 생각하고 던졌던 거구나."

"얼굴이라고 생각하다니 그런 무서운 짓을……. 뭐, 그런 적이 있긴 한데……."

역시 맞았네. 비난할 마음은 털끝만큼도 없지만. 사카키바라는 신중히 과녁을 겨냥하는 날, 신기하다는 듯 눈을 가늘게 뜨고 바라봤다.

"그런데 말이야, 난 하토 네가 여기 있다는 게 놀라운걸. 학교에서 뭔가 말썽이 있는 것 같지도 않던데."

"학교 쪽은 아무 문제도 없는데 집안이 좀 그래. 스피리추얼 오거닉 라이프적인 썸씽이 붐인 마이 마더 때문에."

"아아, 대충 사정은 알겠네. 너도 힘들겠다."

사카키바라가 도끼 던지는 모습을 본 덕분인지 겨우 요령을 파악한 느낌이었다. 동심원 안쪽에 가까스로 명중하는 수준이지만. 사이좋게 과녁에서 도끼를 회수하면서 그녀는 우울한 듯 한숨을 내쉬었다.

"정말 싫다. 어째서 우리가 이런 식으로 돈을 들여서 사람의 눈을 피해 스트레스를 해소해야 하는 거지? 우린 아무 잘못도 하지 않았는데."

아마도 '그러게'라며 일시적 위안이 담긴 맞장구를 쳤더라면 좋았을 텐데. 아웃사이더 동지끼리 푸념을 늘어놓으며 상처를 서로 위로해 주는 것만으로도 사카키바라는 만족했을 것이다. 하지만 나한테 그건 정답이 아니었다. 표면상의 일시적인 동정심 따위는 결국 인생에 아무 도움도 되지 않는다.

"싫으면 싫다고 말하면 되잖아. 보복이 두렵다면 힘을 기르면 되고, 따돌림당하기 싫으면 더 많은 사람을 자기편으로 만들면 돼. 그게 불가능한 이유는 너한테 힘이 없어서야. 아무리 싫다고 마음속으로 생각해봤자, 주변은 꿈쩍도 안 한다고."

"그딴 건 말하지 않아도 알고 있어!"

내 말을 가로막듯 사카키바라는 소리를 빽 지른 뒤 온 힘을 다해 손도끼를 내던졌다. 도끼는 일직선으로 레인을 가로질러 날아가더니 그대로 중심의 빨간 점에 꽂혔다. 그러나 사카키바라는 그걸 기뻐하는 기색도 없이 노골적으로 화를 내며 내게 덤벼들었다. 거친 말을 내뱉는 그녀의 눈에 눈물이 맺혔다.

"그게 가능했다면 고생하지 않았을 거란 말이잖아? '용기를 내면 세상이 바뀐다'라니, 타인의 평화로운 일상을 아무렇지 않게 마구 짓밟는 녀석들 때문에 어째서 내가 그런 리스크를 감당해야 하는 건데!"

"그러게, 너 혼자 감당하는 건 잘못된 거지. 하지만 네 리스크는 꼭 너 한 사람한테만 강요되는 건 아냐."

사카키바라는 내 말의 의미를 한순간 이해하지 못한 눈치였다. 과녁에 꽂힌 그녀의 도끼를 물끄러미 응시하며 나는 물었다.

"사카키바라, 괜찮은 계획이 하나 있는데 실행하려면 네 협조가 필요해. 위험한 상황이 생길 염려는 없어. 하지만 만약 성공하면 네 학교생활이 조금은 편해질지도 몰라."

"뭐? 갑자기 무슨 소리야? 그런 제안을 왜 하는 건데?"

손도끼를 어깨높이로 들어 올린 뒤, 던졌다. 하지만 공교롭게도 도끼는 과녁이 아닌 사카키바라의 도끼에 명중했고, 그 충격으로 함께 과녁에서 떨어져 버렸다. 요란한 금속음을 내며 바닥에 떨어진 손도끼 두 자루를 보면서 나는 중얼거렸다.

"마침 나도 확인하고 싶은 게 있거든."

◇

정오가 지났을 무렵 소노 마키나는 병실 컴퓨터로 논문 번역 작업에 매진하다가 찌르는 듯한 오른손 통증에 얼굴을 찌푸렸다. 최근 들어 진통제의 효력이 떨어졌다. 약이 없으면 삶의 질이 현저히 떨어진다는 건 자신의 불완전성을 드러내는 증거인 것 같아서 비참했다.

하루빨리 이 통증에서 영원히 해방되고 싶은 마음이 굴뚝같았지만, 현재 의뢰받은 일을 내팽개칠 수는 없었다. 냉장고에서 물이 담긴 페트병을 꺼내고 손바닥에 진통제를 올린 순간 느닷없이 병실 문이 열렸다.

노크도 없었기 때문에 확인하기도 전에 상대가 간호사는 아니라는 걸 알 수 있었다. 치매기 있는 노인이 착각하고 들어온 적도 있었기 때문에 특별히 드문 일은 아니었다. 그러나 눈앞에 나타난 인물을 보고는 마키나의 미간이 꿈틀거렸다.

"안녕하세요, 처음 뵙겠습니다. 소노 마키나 씨 되시죠?"

고급스러운 카디건과 롱스커트 차림의 중년 여자였다. 빈틈없어 보이는 몸가짐을 통해 뭔가 명확한 목적을 가지고 방문했다는 걸 짐작할 수 있었다. 이름을 불리면서도 마키나는 그녀를 어디에서 만났는지 짚이지 않았다.

"음, 죄송한데 누구시죠?"

경계심을 품으며 묻자, 여자는 몸 앞에 양손을 모으고 고개를 숙였다.

"전 아리사카 하토의 엄마랍니다. 아들이 자주 신세를 지고 있는 것 같더군요."

"아아, 하토 군의 어머니시군요. 여긴 어쩐 일이시죠?"

마키나가 밝게 웃으며 물었지만, 아무런 대답이 없었다. 책장과 화분이 잡다하게 놓인 병실을 신기하다는 듯 바라보며 하토의 엄마는 오히려 마키나에게 질문을 던졌다.

"병실치고는 퍽 특이하군요. 소노 씨는 상당히 장기간 입원 생활을 해왔나 봐요?"

"네, 뭐 나름대로는요."

"그것 참, 안됐군요."

평온한 목소리로 예의상의 빈말이라는 걸 감추려고도 하지 않는다. 클레마티스 화분을 바라보는 그녀가 어떤 표정을 짓고 있는지 마키나 쪽에서는 알 길이 없었다.

"하토가 이곳에 자주 꽃을 배달하러 온다더군요. 그 애가 뭔가 폐를 끼친 일은 없었나요?"

마키나는 모친이 이 질문을 하려고 찾아왔다는 걸 직감했다. 애써 표정을 풀면서 마키나는 부드러운 말투로 하토에 대한 칭찬을 늘어놓았다.

"전혀요. 늘 지정한 시간에 배달해 주는 데다 눈치 빠르고 솔직해서 좋은 애인걸요. 여기 올 때면 저랑 자주 대화도 나누곤 하는데……."

"소노 씨, 당신은 하토와 무척 친한가 봐요?"

등을 돌린 채 그녀가 추궁하듯 물었다. 마키나가 입을 다물자, 병실은 불편한 침묵에 휩싸였다. 모친은 연거푸 질문을 퍼부었다.

"이상하군요. 하토와 당신은 그저 점원과 손님 관계일 뿐이잖아요? 연령대가 같지도 않은데 굳이 그 애랑 친하게 지낼 필요가 있을까요?"

예의를 갖춘 말투는 그저 형식일 뿐, 그녀가 마키나에게 적대감을 드러내고 있다는 건 분명했다. 마키나는 본능적으로 신변에 위협을 느끼고 조금이나마 그녀와 거리를 뒀다. 욱신욱신 쑤시는 손을 감싸면서 견제의 의미도 담아 재차 확실하게 물었다.

"저기, 어머님, 무슨 용건으로 오신 거죠? 저에 대해 누구한테 들으셨어요?"

고집스럽게 마키나 쪽은 쳐다보지도 않던 그녀가 그제야 서서히 돌아봤다. 분위기와 전혀 어울리지 않을 만큼 만면에 미소를 띤 채 그녀가 말했다.

"소노 마키나 씨, 질문한 쪽은 나예요."

◇

에미가 사용하는 헤어크림의 상품명을 조사할 것. 그리

고 내가 지정한 날에 결석할 것. 사카키바라의 학교생활을 개선한다는 목적 아래, 내가 그녀에게 제안한 사항은 두 가지였다.

사카키바라는 내 의도가 무엇인지 몰라서 당황스러워하면서도 깊이 추궁하지는 않았다. 나는 에미가 사용하는 헤어크림을 온라인 쇼핑몰에서 구매한 뒤 내용물을 적당히 버려 양을 조절한 다음, 따로 준비해 둔 무언가를 그 안에 넣고 꼼꼼히 뒤섞었다. 다행히 어느 쪽이든 비슷한 제형에 향도 강하지 않아서 손바닥에 약간 짜낸 정도의 양으로는 들킬 염려가 없어 보였다.

사카키바라가 학교를 쉬기로 한 날, 나는 작전을 결행했다. 체육 수업 중에 화장실에 간다고 슬쩍 빠져나와서 교실로 돌아가 에미의 가방을 확인했다. 예상대로 탈의실에 헤어크림을 들고 가지는 않았다. 나는 에미의 헤어크림과 내가 가져온 제품을 바꿔치기하고 나서 수업으로 돌아갔다.

체육이 끝난 후 쉬는 시간이 되자, 에미가 아무 의심 없이 헤어크림을 마구 바르는 모습을 보며 나는 작전이 성공했음을 확신했다. 점심시간이 끝날 무렵 변화가 찾아왔다. 에미가 머리를 빗을 때마다 부자연스러울 만큼 머리카락이 빠졌다. 처음에는 다들 웃어넘겼지만, 친구들의 표정이 공포에 질리기까지는 그리 오랜 시간이 걸리지 않았다.

"으악! 제기랄, 이거 왜 이래?!"

에미의 비명에 반 친구 모두의 시선이 쏠렸다. 오른쪽 두부 주변의 머리카락이 몽땅 빠져 두피가 어렴풋이 보일 정도였다. 그녀를 따르는 여자애들이 당황한 표정으로 저마다 입을 열었다.

"뭔가 이상해, 에미! 보건실로 가자!"

"아냐, 조퇴해야지, 조퇴! 선생님한테는 내가 말해둘 테니까!"

"거기 남자애들, 이쪽 보면 안 돼!"

벌집을 쑤셔놓은 듯한 혼란 속에서 에미는 추종자들에게 둘러싸인 채 눈물을 글썽이며 짐을 챙기고 재빨리 교실을 빠져나갔다. 평소의 거만하던 모습이 아니었다.

다음 날, 에미는 결석하지 않았다. 주변 머리카락을 억지로 모아 옆으로 한데 묶어 올려서 탈모 부분이 드러나지 않도록 노력은 했는데, 부자연스러운 건 마찬가지였다. 하지만 표정은 금방이라도 울음을 터트릴 것처럼 초췌했다.

내가 지시한 대로 어제 결석했던 사카키바라는 평소와 다른 에미의 모습과 태도에 꽤나 놀란 듯했다. 설명을 요구하는 눈빛을 억지로 무시하며 나는 에미를 유심히 관찰했다. 인정머리 없는 말을 하자면, 이젠 사카키바라의 일 따위 아무래도 좋았다. 자리에 앉은 에미를 둘러싸고 그녀의 친구들이 돌아가며 걱정스레 말을 걸고 있었다.

"힘들었지, 에미!"

"뭔가 짐작 가는 건 없어? 스트레스가 쌓였다든가."

"힘든 일이 있으면 뭐든 말해! 나, 진심으로 힘이 되어줄 테니까!"

의기소침해 있던 에미는 격려의 말을 듣더니 창백한 얼굴에 조금씩 혈색이 돌아왔다. 잠시 후 그녀는 자리에서 일어나 몹시 감동한 표정으로 눈가를 닦더니 친구들에게 고개를 숙였다.

"고마워. 너희 같은 친구들이 있어서 정말 다행이야."

그때 옆으로 묶어놓은 그녀의 머리가 고개의 움직임에 따라 축 늘어지더니 그 아래 감춰둔 탈모 부분이 노출되었다. 그 순간 모두의 시선이 한 곳으로 집중됐다.

"풋."

만약 어제였다면 그 누구도 의식하지 않았을, 희미한 소리였다. 그러나 오늘만큼은 교실의 모든 아이들이 들을 수 있었다. 그 순간 에미가 어떤 표정을 지었는지 말로 표현할 수가 없다. 수치, 모욕, 비통, 격분. 어떤 말로 설명한다 해도 부족할 것이다. 다만, 가장 어울리는 한 단어를 애써 찾는다면, 틀림없이 그건 '절망'이었다.

침묵이 흘렀고, 결국 에미는 다시 조퇴하고 말았다. 누구도 교실을 떠나는 그녀를 붙잡지 않았다. 에미가 가버린 뒤 추종자 친구들은 재빨리 범인 색출에 나섰다.

"잠깐만, 아까 웃은 건 가나였지? 아무리 그래도 너무하잖아?"

"뭐? 무슨 말을 하는 거야, 난 절대 아니라고! 그렇게 말하는 네가 범인 아냐?"

"그만둬, 싸우지 마! 우리 말고 다른 누군가였을지도 모르잖아!"

"진짜 어떻게 그럴 수가 있지? 상처받은 에미를 그런 식으로 비웃다니!"

일부러 들으라는 듯 크게 따지며 분노하는 모습은, 친구를 상처 입힌 사실에 대한 공분이라기보다 자신의 무고와 진심을 어필하기 위한 행동으로 보였다. 소용돌이처럼 의심이 의심을 낳던 상황은 어떤 발언으로 물살이 바뀌었다.

"근데 말이야, 어떤 기분이었는지는 조금 알 것 같아. 아니, 난 안 웃었다고. 난 아니지만, 솔직히 나도 조금 위험했거든."

아무도 엿듣는 사람이 없는데도 여학생들은 조심스레 입가를 손으로 가리고 말했다.

"그게, 대머리잖아, 에미."

그렇게나 펄쩍 뛰며 분노하던 모습이 거짓말이었다는

듯, 그들은 서로 눈빛을 교환하더니 조금씩 동조의 뜻을 비쳤다. '아, 이제 다들 그쪽으로 기우는 분위기?'라는 마음의 소리가 들려오는 것 같았다.

"아, 뭐, 그건 그래."

"그게, 대머리는 말이야, 역시 좀 아니잖아."

"자, 잠깐만, 우리가 그런 식으로 생각한다면 에미가 불쌍하지 않아?"

이의를 제기한 건 작은 체구의 여학생 하나뿐이었다. 열심히 비위를 맞추려는 듯한 미소만 봐도 그녀가 상당한 용기를 쥐어짰다는 걸 알 수 있었다. 그러나 그녀의 용기로는 이미 기울어 버린 천칭을 되돌릴 수 없었다.

"사실 에미의 자업자득 아냐? 스트레스 관리를 제대로 못 해서 탈모가 온 거니까, 후훗."

"솔직히 에미도 그런 머리를 하고서 잘도 학교에 왔네. 참 대단해."

"아니 뭐랄까, 난 전혀 신경 안 쓰거든? 상관없는데, 그래도 조금은 주변 사람도 생각해 주면 좋잖아. 함께 있는 우리까지 이상하게 보일지도 모르고."

"진짜 그러네."

어느새 그 누구도 에미를 두둔하거나 동정하려고 들지 않았다. 반박하던 자그마한 여자애도 동조하며 이제는 완전히 대세를 따르고 있었다. 머리카락을 조금 잃은 것만으로 에미는 한순간에 보기 좋게 카스트제도의 최하층까지 전락하고 말았다. 검증이 끝났다. 나는 심란한 기분으로 중얼거렸다.

"역시 인간의 본질은 외모인 건가?"

다음 쉬는 시간이 되자, 사카키바라는 잔뜩 상기된 표정으로 나를 체육관 뒤로 불러냈다. 겉보기와 달리 상당한 힘으로 그녀는 내 멱살을 움켜쥐었다.

"하토! 이게 어떻게 된 일이야?"

"에미의 헤어크림을 제모제가 들어 있는 통으로 바꿔치기 했어. 이틀 연속으로 조퇴하다니, 어지간히 충격이었나 보네. 어쩌면 이대로 등교 거부를 할지도 모르겠다."

사카키바라는 냉정하게 분석하는 날 적의에 찬 눈빛으로 노려봤다.

"장난하니? 난 이렇게까지 하라고 말한 적 없어!"

딱히 그녀가 어떻게 생각하든 상관없지만, 이런 식으로 추궁 당할 이유는 없었다. 덩달아 화가 난 나는 교복을 움켜쥔 사카키바라의 손을 억지로 뿌리쳤다.

"어째서 네가 화를 내는 거지? 이제껏 에미 때문에 힘들어했으면서. 걔가 친구들한테 따돌림을 받고 학교에 안 나오게 된다면 넌 오히려 만세를 불러야 하는 거 아냐? 보복이 두려운 거라면 넌 범인 후보에도 안 들어. 그래서 내가 그날 너한테 결석하라고 말한 거잖아."

사카키바라를 안심시키려고 한 말은 역효과였던 모양이다. 어째선지 나를 노려보는 그녀의 눈에는 눈물마저 고여 있었다.

"물론 나도 에미가 싫었어! 하지만 이런 걸 바라지는 않았다고! 내가 고통 받고 싶지 않다는 이유만으로, 그것 때문에 다른 누군가가 괴로워하는 모습은 보고 싶지 않아! 여고생에게 머리카락을 잃는다는 게 얼마나 괴로운 일인지, 너, 그런 짓을 벌이기 전에 한 번이라도 생각해 봤어?"

"이제껏 곱슬머리를 콤플렉스로 여겼던 너한테 그런 말을 듣는 것도 좀 웃기네."

되갚아 주겠다는 듯 빈정거리며 쏘아붙이자, 사카키바라는 온몸을 부르르 떨며 작게 심호흡을 되풀이했다. 흥분을 가라앉히려 애쓰며 사카키바라는 가라앉은 목소리로 물었다.

"저기, 하나만 묻자. 하토, 어째서 이런 지독한 짓을 한 거야? 에미한테 깊은 원한이라도 있었던 거야? 아니면 나 때문에 개를 용서할 수 없다는 생각이라도 한 거야?"

"어느 쪽도 아냐. 말했던 것 같은데, 확인하고 싶은 게 있다고. 사람의 외모가 사회생활에 어떤 영향을 끼치는지 검증하고 싶었던 차에 마침 좋은 기회가 굴러들어온 것뿐이야."

마른 타격음과 함께 뺨에서 뒤늦게 날카로운 통증이 느껴졌다. 사카키바라가 내 뺨을 때렸다는 사실을 깨닫기까지 몇 초가 필요했다. 내가 뭐라 말하기도 전에 그녀는 씩씩대며 가버렸다.

"넌 미쳤어, 하토. 두 번 다시 내 일에 상관하지 마."

가까이에 있던 나무에 등을 기대며 나는 무너지듯 그대로 지면에 주저앉았다. 수업 시작종이 울렸지만, 일어날 기분이 들지 않았다.

"이상하네. 내가 생각한 건 이게 아닌데."

그 사람을 만나고 싶다. 만나서 대화하고 싶다. 실제로 만난다고 해도 구체적으로 뭘 이야기하면 좋을지는 모르겠지만. 도통 결말이 나지 않을 것 같은 딜레마를 안고 나는 묵묵히 꽃집 업무에 매달렸다. 그 사람은 매주 새로운 꽃을 주문한다. 여기에서 계속 일하면, 싫어도 만날 날이 오겠지. 그때 가서 생각해도 늦지 않다.

"소노 씨가 주문을 안 하시네."

점장의 말에 나는 불안하면서도 화가 났다. 그녀의 말에 난 이렇게나 괴로워하고 있는데, 정작 본인은 나 같은 건 이제 아무래도 상관없다고 생각하는 거겠지. 용납이 되지 않았다. 건강이 나빠졌을 가능성 따위는 염두에도 두지 않을 만큼, 나는 냉정을 잃고 초조해하고 있었다.

일이 끝난 뒤 단단히 마음을 먹고 병실로 찾아갔다가 그녀의 모습에 깜짝 놀랐다. 침대 위에는 수많은 책이 무질서하게 흐트러져 있어서 누울 공간도 없었다. 읽으려다 집중이 안 돼서 그대로 팽개쳐 놓은 듯했다. 물을 주지도 않았는지 지난주에 배달했던 화분의 꽃이 힘없이 말라가고 있었다. 방주인은 사무용 의자 끝에 가까스로 걸터앉아 노트북 컴퓨터의 키보드 위에 푹 엎드려 있었다.

양팔을 포개고 거기에 얼굴을 묻고 있어서 어떤 표정인지 짐작할 수 없었지만, 물어볼 필요도 없이 심각한 상황이라는 건 파악할 수 있었다. 옷도 갈아입지 않았는지 투박한 남색 잠옷 차림이었다.

습기를 머금은 독기마저 감도는 듯한 병실 안으로 한 걸음 들어서자, 그녀가 고개를 들더니 나를 돌아봤다. 한순간 그녀는 방문객이 나라는 걸 알아보지 못한 듯했다. 천천히 눈을 깜빡이다가 힘없는 목소리로 중얼거렸다.

"이번 주에는 꽃을 주문하지 않았는데."

역시 평소의 밝은 모습과는 달랐다. 나는 초조한 마음을 억누르고 차분하게 물었다.

"매주 빠지는 일 없이 주문하더니 어떻게 된 거예요?"

내 질문에 그녀는 다시 깍지 낀 팔 사이로 얼굴을 묻어버렸다.

"대답할 의무는 없잖아? 우린 점원과 손님 사이일 뿐이니까."

"그 말투는 뭐죠?"

내 속도 모르고 내뱉는 매정한 말투에, 다시 불만이 끓어올랐다. 점원과 손님이라는 테두리를 넘어 먼저 다가온 건 그쪽이면서 지금에 와서 이런 식으로 뒤집다니. 한 번 심호흡을 하며 마음을 가다듬은 뒤 나는 아무렇지 않은 척 빈정거렸다.

"맞아요. 난 꽃집 아르바이트생이고 당신은 고객이죠. 그런데 단골이 주문을 안 하니 귀한 가게 수익이 줄어서 곤란하다고요. 오늘 여기에 온 건 '직원으로서 영업'을 하기 위해서예요. 그러니 뭔가 이유가 있다면 '손님의 목소리'를 좀 들려주시죠."

"하하, 여전하네, 넌."

그녀는 건조한 목소리로 웃더니 귀찮다는 듯 왼손을 들어 올리며 말했다.

"너한테 말할 정도의 일 같은 건 없어. 걱정하지 않아도 조만간 다시 주문할 테니까. 오늘은 그만 돌아가."

말 안 듣는 아이를 어르는 듯한 말투에 나는 순간 울컥 화가 났다. 그쪽한테는 말할 가치가 없다고 해도 이쪽에선 꼭 들어야 하는 말이라고. 나는 오기가 생겨서 허락도 구하지 않고 면회용 둥근 의자에 앉았다.

　"마키나 씨, 시작할게요."

　그녀는 책상에 엎드린 채 둔탁한 목소리로 물었다.

　"뭘?"

　"스무고개 게임이요. 우리가 할 게임이 그것밖에는 없잖아요."

　시간을 끄는 듯한 질문에 속이 탄 나머지 내 목소리는 점차 거칠게 변해 갔다. 병실에 버티고 앉아 행패를 부렸더니 예상대로 그녀가 고개를 들었다. 그러나 완강히 내 눈은 보려 하지 않았다.

　"미안한데 그럴 기분이 아냐. 오늘은 그만 돌아가 주지 않을래?"

　"마키나 씨의 기분은, 아무래도 상관없어요."

　가물가물한 목소리로 부탁하는 그녀에게 나는 가차 없이 쏘아붙였다. 단 한마디라도 흘려듣는 걸 용납하지 않겠다는 듯 나는 넌지시 목소리에 힘을 주어 말했다.

　"이 게임은 원래 당신이 시작했잖아요. 진실을 추구하고 올바른 선택을 할 수 있도록 하려고. 그래서 지금껏 날 끌어들인 거잖아요? 그러니 책임을 지고 상대해 줘야죠."

"……."

마구 몰아세웠더니 그제야 그녀는 손을 들었다. 나는 눈을 감고 깊게 숨을 들이쉰 뒤 말했다.

"문제는 이쪽에서 정하죠. '마지막 배달 이후 지금까지 당신한테 무슨 일이 있었는지'로 할게요. 질문에는 반드시 예스나 노로 대답해 주세요. 물론, 전부 솔직하게."

내 고집에 항복했는지 그녀는 깍지 낀 양손에 이마를 댄 채 한숨 섞인 목소리로 말했다.

"알았어. 하지만 오늘은 정말 컨디션이 별로야. 질문은 열 번 이내로 부탁할게."

"바라는 바예요."

어차피 질질 끌 생각도 없었다. 나는 승낙을 얻자마자 재빨리 질문을 시작했다.

"그건 당신의 병세에 관한 건가요?"

"노."

"금전적인 문제?"

"노."

"그럼, 인간관계로 뭔가 문제가 있었어요?"

"예스."

순간 말문이 막혔다. 하지만 실마리는 보였다.

"저번에 배달했을 때 내 태도에 뭔가 불만이 있었어요?"

"노."

"메이 씨랑 싸웠어요?"

"노."

"사이가 나쁜 부모님에게서 뭔가 한 소리 들었어요?"

"노야."

벌써 질문을 여섯 번이나 써버렸다. 남은 질문은 네 번. 무엇을 물어봐야 할지 신중히 생각했다. 인간관계 트러블이라. 그 대상을 추측해 보자면 전 남자친구나 친구, 친척, 주치의 혹은 간호사, 연구 업무의 관계자들, 일일이 나열하면 끝이 없지만, 어느 쪽이든 딱 맞아떨어지지 않는 느낌이었다.

이 사람은 진상한테도 주눅 들지 않는 담력을 지녔다. 싸움에 쉽사리 패배하지도 않을뿐더러 그런 것 때문에 의기소침해할 사람도 아니다. 게다가 누구와 어떤 트러블이 있었다 한들 꽃을 주문하지 않는 것과는 아무 관계가 없다.

결국 핵심은 거기에 있다. 거만한 이 여왕님이 거침없이 대응하지 못하는 누군가가 있다. 거꾸로 상대는 그녀에게 고압적으로 행동할 수 있으며 그 결과 꽃을 주문하지 않게 되었다면? 순간 모든 점이 하나의 선으로 연결되었고 나는 등골이 서늘해졌다. 정답이 아니기를 바라면서 나는 질문을 던졌다.

"우리 꽃집 점장이랑 뭔가 문제가 있었어요?"

"노."

곧장 되돌아온 대답에 나는 최악의 상황을 예감했다.

"그렇다면 혹시 우리 엄마예요?"

"……."

대꾸가 없었다. 완강히 입을 다문 채 나와 시선을 맞추려고도 하지 않았다. 그 조용한 저항이야말로 이 게임에서는 역효과라는 걸, 그 누구보다 이 사람이 잘 알고 있는데도 말이다. 나는 자리에서 일어났다.

"그런 거였군요. 내가 꽃을 배달한다는 걸 알게 된 엄마가 여기에 왔겠죠. 아마 최근에 내 상태가 이상해진 걸 당신 탓이라고 생각해서 말도 안 되는 소리를 내뱉었겠죠. 두 번 다시 꽃을 주문하지 말라고 했을 거고. 그렇죠?"

"하토, 잠깐만."

그녀는 불안한 발걸음으로 일어서더니 내 어깨에 손을 올리며 말했다.

"아냐. 네 어머니가 여기에 와서 잠시 이야기하신 건 맞지만, 딱히 난 개의치 않아. 꽃을 주문하지 않은 건 단순히 깜빡했을 뿐이고……."

"마키나 씨, 이 게임에서 질문을 받으면 예스나 노로만 대답해야 해요."

나는 그녀의 손을 떨쳐내고 무표정하게 대꾸했다. 대답하는 사람이 규칙을 위반한 시점에서 게임은 이미 끝난 것이다.

내 안의 그녀는 항상 씩씩하고 똑똑하며, 웃기 곤란한 농담을 말하면서도 언제나 날 생각해 주는, 한없이 매력적인 여왕님이었다. 이런 식으로 의기소침한 얼굴로 변명 같은 말이나 늘어놓는 모습은 보고 싶지 않았다. 마지막으로 본 여왕님의 표정을 기억하고 싶지 않았지만, 그런 모습을 보이게 만든 건 다름 아닌 나였다. 내게 무슨 권리가 있을까? 나는 가게에서 배운 대로 머리를 깊이 숙이고 말했다.

"제 어머니가 폐를 끼쳐서 죄송했습니다. 이렇게 말하면 좀 이상하지만, 이제야 내 안에서도 결론이 났네요. 덕분에 이제 나도 올바른 선택을 할 수 있을 것 같아요."

고개를 들었더니 그녀는 당혹스러운 표정을 하고 있었다. 이런 상황이 아니었다면 내가 웃음을 터트릴 만큼. 그대로 뒤돌아 병실 문으로 향하는데 겨우 정신을 차린 듯 그녀가 물었다.

"잠깐만, 너 대체 그게 무슨 소리야?"

문에 손을 댄 채 나는 고개만 돌려 그녀를 바라봤다.

"결국 선의는 사람을 구원하지 못한다는 뜻이에요."

내 입에서 튀어나온 건 믿을 수 없을 만큼 차가운 한마디 였다. 문턱을 넘어선 순간, 그녀가 날카로운 목소리로 나를 불러 세웠다.

"기다려!"

그러나 나는 이미 방 주인은 쳐다보지도 않은 채 뒤돌아서서 문을 닫았다. 두 사람의 세계를 완전히 차단하듯이.

◇

하토의 엄마는 마키나를 추궁하기 시작했다.

"혹시 당신, 꽃을 사는 게 아니라 하토를 보려고 계속 주문을 해왔던 거 아닌가요?"

그녀의 눈에는 광기마저 어려 있어서, 마키나에게 손을 뻗치기라도 할 것처럼 위험한 분위기를 풍겼다. 하지만 마키나는 의연하게 대했다. 진통제 먹을 시기를 놓치는 바람에 오른손에 통증이 있었지만 대수롭게 여겨지지 않았다.

"그런 의도 없습니다. 왜 그렇게 생각하셨는지 이유를 알려주시겠어요?"

"아니, 이상하잖아요. 병원에 화분을 둔 것도 비상식적이고. 불길하게. 그러니 병에 걸려서 이런 곳에 입원해 있는 거 아닌가? 자업자득인 건가?"

마키나는 마음을 진정시키며 대답했다.

"전 화분에 심은 식물을 좋아해서 사는 것뿐입니다. 입원 생활은 제 문제이니 당신이 참견할 이유는 없고요. 설사 제가 하토 군을 목적으로 꽃을 주문하는 거라고 한들 무슨 문제라도 되나요?"

"뻔뻔하기는. 하토를 꾀어서 더러운 욕망을 채우려는 거겠지."

"제가 병원에서 하토 군에게 뭘 할 거라고 생각하시는데요?"

"내 생각이 맞았네. 말주변도 좋고 수완도 좋으니, 기회를 엿보다가 하토를 꼬드겨서 우리 돈을 빼앗을 속셈이었겠죠?"

"그런 짓을 할 리가 없잖아요?"

불쾌한 듯 마키나는 살짝 눈살을 찌푸렸다. 멋대로 확신하고 단정 짓는 말뿐이어서 쳇바퀴 돌 듯 결론이 나지 않았다. 대화로 오해를 푸는 일은 쉽지 않아 보였다.

"그걸 증명할 수 있나? 불가능하잖아요? 그런 식으로 시치미 떼 봤자 난 안 속아요."

마키나는 말문이 막혀 잠시 가만히 있었다. 핵심을 찔린 거라고 생각한 하토의 엄마가 날카롭게 쏘아 붙였다.

"충고하는데, 다시는 하토한테 접근하지 말아요. 더군다나 일하는 애를 붙잡고 수다를 떨다니, 엄연한 영업 방해라고요. 손님이라는 이유로 무슨 짓이든 해도 된다고 생각했다면 큰 착각이에요. 꽃이라면 앞으로 다른 가게에서 사세요. 만약 내 귀에 또 이상한 이야기가 들리면 그때는 각오하는 게 좋을 거예요."

마키나의 대답을 기다리지도 않고 그녀는 자리를 떴다. 하토의 엄마가 문을 열려는 순간, 마키나는 진심을 담아 말했다.

"어머니, 그렇게 자기중심인 생각으로 하토를 속박한다면 그 애는 평생 행복해질 수 없을 겁니다."

얼어붙은 것처럼 그녀는 자리에서 멈춰 섰다. 그리고 잠시 후 천천히 몸을 돌려 마키나를 바라보았다.

"뭐가 어째?"

그 얼굴에 들러붙어 있던 표정을 본 뒤 마키나는 처음으로 간담이 서늘해졌다. 병원 입원실에서, 그것도 환자에게 하토의 엄마가 과격한 짓을 하지는 않을 거라 예상했지만, 그건 착각일 수 있겠다고 순간 마키나는 생각했다. 지금 마키나를 향해 하토의 엄마가 뿜어내는 분노는 예사롭지 않았다. 문에서 고작 세 걸음이면 다가올 수 있는 거리였기 때문에 마키나는 목을 졸리는 상황까지도 떠올렸다. 하토의 엄마가 마키나의 코앞에 거칠게 검지를 들이대면서 소리쳤다.

"당신이 뭔데, 그런 말을 하는 거야? 나한텐 엄마로서 하토를 지킬 책임이 있다고! 당신 같은, 정체를 알 수 없는 사람 때문에 하토의 장래가 위협당하는 일은 절대 있어서는 안 돼! 어디서 건방지게⋯⋯."

폐 속의 공기를 쥐어 짜내듯 그녀는 마키나를 향해 마지막 한마디를 던졌다.

"우리의 귀한 돈을 거덜내려는 훼방꾼 주제에, 당신이 뭐라도 되는 줄 알아?"

그 말을 듣는 순간 마키나는 온몸이 얼어붙는 기분이었다. 극한의 설산(雪山)에서 조난이라도 당한 듯 한없이 몸이 떨렸다. 마키나는 양손으로 자신을 껴안았다. 이제껏 억눌렀던 감각이 넘쳐흐르기라도 한 것처럼 오른손뿐만 아니라 전신에 찌를 듯이 통증이 덮쳤다.

하토의 엄마는 마키나에게 눈길도 주지 않고 씩씩거리며 병실을 나갔다. 혼자 남겨진 마키나는 힘없이 침대에 걸터앉아 얕은 호흡을 되풀이했다. 말씨름하는 동안 문이 꼭 닫혀 있었기 때문에 병동 사람들 누구도 이 소동을 눈치 채지 못했을 것이다. 다행이었다. 접근하는 기척이 없다는 걸 안 순간, 긴장이 풀린 마키나의 눈에서 눈물 한 방울이 뺨을 타고 흘러 바닥에 떨어졌다.

"아파……."

◇

집에 돌아와 나는 곧장 주방으로 향했다. 편의점에서 사온 물건들이 보이지 않게 주머니 안에 넣고 손으로 꽉 쥐었다. 나를 위해 토끼 먹이 같은 음식을 만드느라 열심인 엄마에게, 나는 차분한 목소리로 물었다.

"얼마 전에 병원에 가서 환자랑 내 얘기 한 적 있어?"

"뭐? 어째서 갑자기 그런 걸……, 아아, 그거구나."

엄마는 스스로 묻고 답하더니 웃음을 띤 채 나를 돌아보았다. 이상적인 엄마인 척하는 그늘 없는 미소에 나는 순간속이 울렁거렸다.

"하토, 그 이상한 여자가 이러쿵저러쿵 꼬드긴 탓에 요즘네가 이상했던 거지? 엄마가 제대로 알아듣게 일러뒀으니이제 아무 걱정 안 해도 돼. 만약 아직도 그 여자가 괴롭히는 거라면 엄마한테 말하렴. 이번에는 곧장 경찰에 신고할테니까."

"마키나 씨에 대해선 어떻게 안 거야?"

"꽃집 점장님한테 물어봤지. 점장님이 친절하게 이야기도 들어주시고 그 사람에 관해서도 특별히 알려주셨단다.

171

하토, 넌 정말 좋은 곳에서 일하고 있는 거야. 세상은 아직 살 만하더구나. 엄만 감동했단다."

눈가에 눈물조차 보이는 엄마 앞에서 내 호흡은 어느새 느려지고 있었다. 엄마가 그녀를 알 만한 방법이 그것밖에 없기에 예상은 하고 있었다. 하지만 엄마의 대답을 들은 뒤 내가 느낀 감정은 실망이나 절망보다는 허무함에 가까웠다.

남의 일에 참견하기 좋아하는 성격이긴 해도 나한테 세세하게 신경 써주는 게 고마웠고, 자신의 길을 묵묵히 걸어가는 점장을 인간적으로 존경했었다. 하지만 그러한 친절함으로 내 소중한 사람을 상처 입히는 데 일조했다니. 이제 내가 진짜 믿을 수 있는 건 아무것도 없다.

"엄마, 오해야. 그 사람은 엄마가 생각하는 그런……"

그러나 엄마는 내 말은 들으려 하지 않고 그저 가만히 고개를 저었다. '하토가 무슨 생각을 하는지 훤히 보여'라는 말이 들려오는 것 같았다.

"하토, 넌 마음이 여려서 그런 사람의 말까지 철석같이 믿고 이런저런 걱정을 해버리는 거야. 하지만 말이다, 세상에는 너처럼 다정한 사람만 있는 게 아니야. 지금은 엄마를 믿으렴. 언젠가 분명 엄마가 한 말이 옳았다며 고마워할 날이 올 테니까."

엄마는 채소향이 배어 풀냄새가 풍기는 손으로 내 뺨을 어루만지면서 부드러운 목소리로 말했다.

"안심하렴. 넌 이 엄마가 목숨을 걸고서라도 꼭 지켜줄 테니까. 알았지?"

분명히 같은 언어로 대화하고 있는데도 나는 이제 엄마가 무슨 말을 하는지 이해할 수 없었다. 엄마의 재촉에 나는 반사적으로 맞장구를 쳤다.

"응."

여전히 유약한 자신이 한심하게 느껴졌지만, 이제 말을 섞는 건 의미가 없다. 엄마와 무슨 이야기를 나누든 앞으로 내가 할 일은 변하지 않는다.

식사를 끝낸 뒤 내 방에서 그때를 기다렸다. 그 사람이라면 우리 엄마쯤은 얼마든지 말로 굴복시킬 수 있었을 텐데. 그것도 자기 일에 두 번 다시 간섭하려는 생각조차 할 수 없게끔 철저하게.

그렇게 하지 않은 건 내가 엄마와 불편하게 지내지 않도록 하기 위해서였겠지. 날 위해, 어쩌면 엄마를 위해서도 가능한 아무 문제 없이 해결되도록 마음을 써준 것이다. 그녀의 진심도 모르면서, 엄마는 스스로 뿌듯해 했겠지.

엄마는 날 위한다며 그 사람을 상처 입히고.

그 사람은 날 위해 아무 저항도 하지 않고 상처를 받고.

그리고 나는 상처받은 그 사람을 보며 엄마에게 분노하고 있고.

선의에서 우러난 행동은 결국 아무도 행복하게 만들어주지 않았다.

이 악순환을 끊어내는 방법은 오직 하나다.

밤 9시 반, 나는 엄마가 잠든 걸 확인하고, 편의점에서 사 온 라이터의 불을 켰다. 그러고는 가까이에 있는 관엽식물의 잎에 불을 붙였다. 한동안은 탄내 나는 연기만 뿜어내다가 어느 순간 불이 완전히 식물에 옮겨 붙었다. 어둠에 잠긴 거실 한구석에서 불꽃이 기분 나쁘게 흔들거렸다.

"전부 타버려라."

나는 곧장 소형 기름통의 뚜껑을 열었다. 일을 저지르기 전에는 긴장되어서 심장이 터질 것 같았는데, 막상 하고 나니 한시라도 빨리 끝내야 한다는 사명감에 쫓기는 기분이 되었다. 기름통의 내용물을 단숨에 쏟아버렸더니, 그 뒤로는 가만히 두어도 옆의 식물로 차례차례 불이 번져나갔다.

일산화탄소를 마신 탓인지 눈앞의 참상이 한 폭의 그림처럼 보였다. 맹렬히 뿜어내는 열기도 새털에 감싸인 것처럼 포근하게 느껴졌다.

이걸로 됐어. 처음부터 이렇게 해야 했던 거야.

너무 늦긴 했지만, 이것으로 이제 전부 끝낼 수 있다. 더는 아무도 고통 받을 일 없다. 나 역시 괴로워하지 않아도 된다. 이 화염 속에서 조용히, 죽으면 된다.

"찌리리리리리링"

천장의 화재탐지기가 날카롭게 귀청을 울리자, 내 의식이 깨어났다. 정신을 차렸을 때 거실은 검은 연기로 자욱해 바로 앞도 보이지 않았다. 숨이 막혔다.

"켁……, 켁, 콜록!"

뜨거워! 괴로워! 죽고 싶지 않아!

다리와 팔의 피부가 고통을 호소하기 시작했다. 불꽃이 튀는 소리 외에는 아무것도 들리지 않았다. 편안하고 평온한 죽음과는 거리가 먼 현실을 눈앞에서 지켜본 나는, 본능에 따라 벽을 더듬으며 현관 쪽으로 향했다. 도중에 복도에 놓여 있던 종이상자에 발이 걸려서 여기저기 페트병의 물이 엎질러졌다.

겨우 손에 닿은 현관문 손잡이가, 지금의 내게는 낙원으로 이어지는 표지판처럼 느껴졌다. 하지만 손잡이를 돌려도 문은 열리지 않았다. 나중에야 현관에 자물쇠가 채워져 있다는 걸 깨달았다. 당혹스러울 만큼 침식해 오는 연기 속에서 더듬더듬 손잡이를 쥐고 모든 체중을 실어 자물쇠를 열었다.

그 순간 문이 열리더니 그 기세에 휩쓸려 나는 밖으로 내

동댕이쳐졌다. 내가 손잡이의 자물쇠를 돌리는 순간, 동시에 밖에 있던 누군가가 문을 잡아당기며 열었던 것이다. 그리고 곧바로 누군가가 내 옆으로 다가와 무릎을 꿇더니 절박하게 소리쳤다.

"하토, 이게 대체 무슨 일이야?"

누구인지 얼굴을 보지 않아도 알 수 있었다. 나는 바닥에서 가까스로 몸을 일으켜 목소리를 쥐어짰다.

"변하지 않았잖아요! 결국 아무것도!"

크게 소리칠 작정이었는데 내 입에서는 헐떡이는 숨소리만 새어 나왔다. 그런 연약한 자신이, 걷잡을 수 없이 한심하고 분했다.

"전부 내 탓이에요! 마키나 씨는 날 걱정해 주는데 엄마는 오직 자기 생각만 하고. 그래서 결국엔 마키나 씨도 괴로워지기만 했어요!"

나는 고개를 들고 그녀의 소매에 매달린 채 절실한 마음으로 물었다.

"말로는 사람을 바꿀 수 없어요! 마음만으로는 세상이 안 바뀐다고요! 이것 말고 대체 나한테 어떤 정답을 내놓으라는 거죠?"

겨우 똑바로 바라본 그녀는 당장이라도 울 것 같은 표정을 하고 있었다. 뭔가 말하고 싶은 것처럼 입가가 떨렸지만 애써 그걸 삼켜내고는 내게 물었다.

"지금은 그런 소리를 할 때가 아냐! 어머니는 어디에 계시지?"

"일층 다다미방이요. 하지만……."

집 쪽을 돌아보니 벌써 이층까지 불길이 치솟아 있었다. 집 주위에는 구경꾼들이 모여들기 시작했고 소방차의 사이렌 소리가 다가오는 것도 알 수 있었다.

마키나 씨까지 휘말리게 해서는 안 된다. 당장 여기에서 벗어나도록 해야 한다고 생각했지만, 그녀는 어느새 현관문을 열고 안을 들여다보고 있었다. 불타는 집의 모습은 끔찍했다. 검은 연기가 쉴 새 없이 솟아오르고 있었고, 밤의 어둠 속에서 불길이 기분 나쁘게 일렁였다.

그녀는 현관 근처 복도에 굴러다니던 페트병을 집어 들더니 뚜껑을 열어 손에 물을 묻혔다. 그러고는 마음을 다지는 듯 한 번 고개를 끄덕인 뒤, 머리 위에 물을 부었다.

"자, 잠깐, 마키나 씨!"

뭘 하려는지 알아차린 나는 당황했지만, 내가 말을 내뱉기도 전에 그녀는 집 안으로 들어갔다. 쫓아가려고 나 역시 발을 디뎠지만 무시무시한 열 때문에 바로 물러섰다. 한 걸음 내디뎠을 뿐인데 발바닥이 화상을 입은 것처럼 아팠다.

그로부터 한동안 나는 살았다는 실감이 나지 않았다. 내 생명과 맞바꿔도 좋으니 어떻게든 저 사람만은. 그런 염치없는 기도를 하는 것 말고는 생각할 수 있는 것이 아무것도 없었다.

소방차가 도착하고 소방관이 내게 멀리 떨어져 있으라고 경고했지만, 나는 계속 현관문을 붙잡고 늘어졌다. 목숨과 바꿔서라도 이 문만은 막아서는 안 된다고, 본능이 그렇게 말하고 있었다.

시간이 지날수록 더욱 짙어지던 검은 막이 별안간 부자연스럽게 흔들렸다. 그 모습을 뚫어지게 바라보고 있는데, 저 너머에서 두 사람의 그림자가 가까이 다가왔다. 그을음 투성이가 된 얼굴의 마키나 씨 그리고 힘없이 그녀에게 어깨를 맡긴 엄마였다.

마키나 씨는 의식을 잃은 엄마를 거의 짊어지다시피 하고 필사적으로 걸음을 옮기고 있었다. 소방관이 곧장 뛰어들어가 엄마를 부축했다. 그녀는 문턱을 넘어 스쳐 지나가는 길에 나를 매서운 눈으로 바라봤다.

"이게 네가 내린 정답이라니, 웃기지도 않은 농담이네."

입술만 겨우 움직이며 그렇게 말하고는, 실이 툭 끊어지듯 그녀는 그대로 고꾸라졌다.

빌어먹을 신에게

책상과 의자, 번쩍번쩍 빛나는 형광등만 있는 무미건조한 취조실에서 하토의 엄마는 덥수룩한 수염의 중년 남자 형사와 마주한 채 앉아 있었다. 손에 든 자료와 그녀를 번갈아 바라보며 형사는 연신 관자놀이를 긁어댔다.

"흐음, 그러니까 부인 말씀은 자기 전에 본인이 담뱃불 뒤처리를 잘못한 게 원인이었다는 거죠?"

"네, 틀림없어요. 많은 분들께 폐를 끼쳐서 무척 죄송하게 생각하고 있답니다."

무릎에 손을 올린 하토의 엄마는 벌써 몇 번째나 되는 사죄의 말을 되풀이하며 책상에 이마가 닿도록 깊이 머리를 숙였다. 형사는 그녀를 손으로 만류하면서도 이해가 안 된다는 듯 미간을 찌푸렸다.

"분명 거실에서 담배 케이스와 라이터가 발견되었고, 화재가 시작된 장소와도 맞아떨어지기는 합니다. 그런데요, 부인께서 담배 피우는 모습을 본 적이 있다는 지인이 단 한 명도 없단 말이죠. 오히려 지나칠 정도로 건강에 신경을 쓰고 있었다는 증언은 무척 많았습니다. 유기농 채소와 관엽 식물을 고집하던 부인이 담뱃불 뒤처리를 부주의하게 했다는 이야기는 아무래도 연결이 안 되네요."

형사는 눈을 치켜뜨고 그녀를 바라보았다.

"아드님의 흡연에 의한 과실로 발생한 화재라든가 혹은 의도된 방화를 덮어주려고 부인이 거짓말을 하는 거라면 앞뒤가 맞는데 말이죠."

형사의 말투는 거의 확신에 차 있었다. 유도신문을 당하고 있다는 걸 자각하면서도 하토의 엄마는 완강했다.

"남편이 죽은 뒤 스트레스 때문에 담배를 피우기 시작했어요. 이웃에 이상한 소문이 나거나 아들한테 나쁜 영향을 끼칠까 염려되어 아무도 눈치 채지 않게 세심한 주의를 기울였죠. 냄새도 최대한 남기지 않도록 조심하면서요."

"그러셨군요, 남편께서. 이것 참 실례했습니다."

미안할 정도로 사과의 뜻을 비치며 형사는 서류뭉치를 손에 들었다. 팔랑팔랑 소리를 내며 자료를 훑어보는 모습에서는 위압감이 느껴졌다.

"굳이 이런 걸 물을 필요는 없을 것 같지만요. 진술한 조서의 내용이 사실과 엇갈리기라도 하면 정상 참작의 여지도 없이 더욱 죄가 무거워질 가능성도 있습니다. 이건 부인뿐만 아니라 아드님의 문제이기도 하니까요. 만약 아드님이 불을 질렀는데 적절한 기관에서 상담과 의료적 조치를 받지 않을 경우, 결국 같은 과오를 반복할지도 모른다는 뜻입니다. 아시겠어요? 그래서 한 번 더 여쭤보는 겁니다."

형사는 자료를 세차게 책상에 내려놓고 물었다.

"부인은 일상적으로 담배를 피웠고, 그 화재도 부인에 의한 담뱃불 처리 부주의가 원인이었다. 이 사실이 틀림없는 거죠?"

그녀의 뇌리에 주마등처럼 그날의 기억이 되살아났다.

"뭐……, 뭐야, 이게?"

눈을 떴을 때 녹색의 낙원은 붉은 지옥으로 변해 있었다. 방안은 타오르는 불꽃과 연기에 둘러싸였고, 무시무시한 열기로 인해 호흡도 제대로 할 수 없었다. 난생 처음 죽음이 코앞에 다가왔다는 걸 실감하며 하토의 엄마는 의식을 잃어가다가, 어깨를 빌려주는 누군가의 존재에 정신이 들었다.

"아, 하토, 엄마를 구하러 와 주었구나."

안도감에 고개를 들었는데 하토가 아닌 낯선 여자였다. 유심히 보니 병원에서 싸웠던 그 여자, 소노 마키나였다.

"왜 당신이 여기에?"

말없이 자신을 밖으로 데리고 나가려고 분투하는 마키나에게, 하토의 엄마는 더욱 격하게 말을 퍼부었다.

"설마 이 불, 당신이 지른 거야? 그런 거였어? 끔찍하기도 하지! 역시 당신은 내가 생각한 대로 최악의 인간이었어."

"연기를 마시게 되니까 가능한 말을 아껴요. 그리고 내 말을 들어요."

마키나는 그녀를 부축하기 위해 버티면서 필사적으로 말을 쥐어 짜냈다.

"불을 지른 건 하토야. 하토가 이 집을 모조리 태워버리려고 불을 질렀어요."

하토의 엄마는 마키나의 말을 도무지 이해할 수 없었다.

"뭐, 뭐라고? 하토가 그런 짓을 할 리가……."

"됐으니까 침착해요. 내가 당신한테 원한을 품고 불을 지른 거라면 일부러 이런 불 속에 뛰어들 이유가 없잖아!"

마키나는 하토의 엄마를 진정시키려고 꿋꿋하게 말을 이었다. 거실을 나올 때 마키나는 주머니에서 꺼낸 물건들을 그녀에게도 보여준 뒤 불 속으로 던졌다.

"여기에 담배 케이스랑 휴대용 재떨이를 버려둘 테니까 당신은 꽁초 뒤처리 부주의로 불을 낸 거라고 증언했으면 해요. 미성년자라도 방화는 중범죄인 데다 온라인에 기록이 남을 염려도 있으니까요. 하토를 위한다면 날 믿고 협력해 줘요."

화염 속에서 마키나는 그을음 범벅이 된 얼굴을 하토의 엄마에게 돌리며 물었다.

"당신도 나도 하토의 미래를 생각하는 마음은 같잖아. 그렇죠?"

희미해지는 의식 속에서 그녀는 한 가지 의무감에 따라 대답했다.

"……. 알았어."

하토의 엄마는 고개를 들고 망설임 없이 형사를 똑바로 바라보며 말했다.

"네. 맹세코 저는 단 한마디도 거짓을 말하지 않았어요."

◇

엄마가 입원해서 검사를 마친 뒤 긴급 피난처로 묵게 된 호텔 방에서, 나는 바닥에 이마를 붙이고 용서를 빌었다.

"잘못했어, 엄마."

이런 식으로 엄마에게 사과할 날이 오리라고는 상상도 하지 않았다. 사과할 만한 일은 애초에 하지 말아야 한다고, 누가 가르쳐주지 않아도 알고 있었으니까. 그래서 내가 굳이 그런 짓을 할 때가 온다면 그건 내가 용서를 빌어야 할 상대가 확실히 죽었을 때일 거라고, 멋대로 생각하고 있었다. 하지만 지금은 처음에 의도했던 것과 달리 나도, 엄마도 이렇게 살아남았다.

"변명은 안 할게. 집에 불을 지른 건 나야."

솔직히 나는 엄마가 나한테 반미치광이라고 소리 지르며 때리거나 발로 걷어차지 않을까 생각했다. 하지만 엄마는 고개를 숙인 채 천천히 고개를 끄덕일 뿐이었다.

"그랬구나."

그 말이 온갖 생각 끝에 나온 한마디라는 건 상상하기 어렵지 않았다. 이제껏 엄마가 늘어놓던, 어떤 말보다 무겁게 느껴졌다. 잠시 후 엄마는 고개를 들고 물기 어린 눈으로 나를 말끄러미 바라봤다. 그때 나는 처음으로 진실한 의미에서, 엄마가 나와 똑같은 한 인간이라는 사실을 이해할 수 있을 것 같았다.

"너한테 하고 싶은 말은 물론 많지만……, 하토 넌 나보다 훨씬 하고 싶은 말이 많았을 거야. 그걸 말하지 못해서 이런 형태로 폭발한 거겠지."

순간 가슴이 죄책감으로 따끔거렸다. 엄마한테 잘못이 있다는 건 부정하지 않지만, 그렇다고 내가 일방적으로 피해자 행세를 할 수 있는 것도 아니었다. 이건 내가 '무슨 말을 해도 소용없다'라고 멋대로 단정 지은 결과이니까.

하지만 무슨 말을 해도 헛되이 끝나버렸을 거라고 나는 생각했다. 화분을 때려 부수고 소리를 질러도, 엄마를 병원으로 끌고 가도, 소용이 없을 거라고. 하지만 그럼에도 뭔가 해봤으면 어땠을까? 하지만 지금은 너무 늦어 버렸다. 분노는 나에게서 올바른 선택지를 빼앗아 버렸다. 엄마는 의자에서 일어나더니 나와 똑같이 바닥에 무릎을 꿇고 앉아 시선을 맞추며 말했다.

"서로 대화를 해보자. 하토, 일단 너부터. 이제까지 못 한 만큼 하고 싶은 말을 실컷 하렴. 화를 내든 용서하든 그다음에 해도 늦지 않으니까. 우리한테……, 아니, 나한테 부족했던 건 분명 대화였으니까."

큰 충격을 받았을 텐데도 침착하게 말을 건넨 엄마가 나는 더할 나위 없이 고마웠다. 나는 앉은 자세를 바로 하고 조심스레 입을 열었다.

"알았어. 내가 불을 지른 건 엄마가 마키나 씨한테 지독한 말을 했다는 걸 알았기 때문이야. 마키나 씨는 내게 무척 중요한 사람이라서 순간 너무나 화가 났어. 나는 어떤 벌을 받아도 상관없어. 그만한 잘못을 했으니까. 하지만 마키나 씨는 아니야. 상황이 정리되면 마키나 씨한테 제대로 사과했으면 해."

"그래, 약속할게. 아무것도 모르면서 정말 미안한 일을 했구나."

엄마는 입술을 깨물며 힘껏 고개를 끄덕였다. 한번 이야기를 꺼내자, 내 입에서는 둑이 터지듯 말이 흘러넘쳤다.

"그리고 식물을 집에 잔뜩 둔다거나 채소만 먹이는 것도 그만뒀으면 해. 내 방에 벌레가 끓어서 공부에 집중할 수도 없고, 채소 이외에 밥이나 고기를 먹지 않으면 금세 배가 고파지거든. 아르바이트를 시작한 이유도 사실 그게 가장 컸어."

"그랬구나. 그래⋯⋯."

엄마는 진지하게 내 이야기에 귀 기울여 주었다. 엄마와 나는 밤이 새도록 대화를 나눴다.

며칠 후 나는 그녀를 보기 위해 병원을 찾았다. 혹시라도 심한 부상을 입은 건 아닌지 걱정했는데, 담당 형사로부터 별다른 이상은 없어서 곧장 원래 있던 병원으로 옮겨졌다는 이야기를 전해 듣고 가슴을 쓸어내렸다. 설교를 들을 게 뻔했지만, 그럴 수 없는 상황보다는 훨씬 나았다.

조심스레 노크를 하고 안으로 들어가니 방주인은 침대에 누워 책을 읽고 있었다. 적어도 겉으로는 큰 이상이 없어 보였다. 다행이었다. 번득이는 눈빛으로 이쪽을 쳐다보는 시선을 받아내며 나는 침대의 정면에 서서 고개를 숙였다.

"죄송했습니다, 마키나 씨."

"이게 '죄송하다'라는 한마디로 끝날 문제는 아니잖아?"

그녀는 손에 들고 있던 두꺼운 책을 옆으로 내팽개치더니 퉁명스레 대꾸했다. 그러고는 불쾌한 듯 한숨을 내쉰 뒤 침대 밖으로 발을 삐딱하게 내밀어 둥근 의자를 발로 차 내쪽으로 밀었다.

"그래서 지금은 어때? 자기 집을 태우고 나니까 마음이 풀렸어?"

나는 둥근 의자 끝에 오도카니 앉은 채 더듬더듬 상황을 설명했다.

"집은 완전히 불타버렸지만, 아파트로 이사하는 건 마무리됐어요. 다행히 이웃집까지는 옮겨 붙지 않았고, 마키나 씨 덕분에 담뱃불 처리 부주의로 결론이 나서 더는 크게 사건이 커질 일도 없을 거예요."

"감싸준 건 네 어머니야. 제대로 감사하는 마음을 전하라고."

"네, 물론이에요. 그 뒤에 엄마와도 얘기를 했어요. 제대로 사과도 하고. 식물을 향한 엄마의 집착도 지금은 거짓말처럼 수그러들었어요."

마키나 씨는 양손을 베개 삼아 천장을 바라보며 다시 짧게 한숨을 내쉬었다. 여전히 표정은 딱딱했지만, 아까보다는 꽤 마음이 풀린 것 같았다.

"그래, 그건 잘됐네. 네 끔찍한 짓이 결과적으로는 옳았던 것처럼 마무리된 건 열 받지만."

불만스러운 듯 투덜대는 그 말에 나는 고개를 저었다.

"마키나 씨가 없었다면 틀림없이 돌이킬 수 없는 일이 되어버렸겠죠. 엄마는 죽었을 거고, 설령 그렇지 않더라도 지금처럼 서로의 본심을 전하는 일은 평생 불가능했을 거예요. 정말 바보 같은 짓을 했다고 반성하고 있어요."

"흐음. 뭐, 너도 나름 성장한 것 같네."

쌀쌀맞긴 했지만, 점차 그녀도 예전의 분위기를 되찾아가고 있었다. 나는 계속 마음에 걸렸던 것을 물어봤다.

"마키나 씨는 어떻게 우리집 주소를 안 거죠?"

"꽃집 점장한테 물었지. '하토 군의 주소를 알려주지 않으면 내 개인정보를 누설한 걸로 당신을 고소할' 거라고 평화적인 교섭을 시도했더니 흔쾌히 알려주더군. 그런 융통성을 발휘할 수 있는 게 자영업의 특권이잖아. 두 번 다시 그 가게에서 꽃을 살 일은 없겠지만."

조용히 독을 내뿜는 태도를 보니 당시의 아수라장 같은 상황을 추측할 수 있었다. 점장의 자업자득이니 동정의 여지는 없지만.

"담배랑 휴대용 재떨이는 왜 갖고 있었어요? 담배도 안 피우잖아요?"

"도중에 편의점에서 사 왔지. 그날 네가 뭔가 나쁜 짓을 저지를 것 같은 예감이 들었거든. 네 집에, 네가 그토록 싫어하는 식물이 엄청나게 많으니 집에 불을 지르는 최악의 상황을 상상했던 거고. 방화는 미성년자라도 검찰로 송치될 가능성이 있을 만큼 중범죄이지만, 부모가 담배를 피우다 실수로 일으킨 화재일 경우에는 형사적 책임은 면할 수 있지. 쓸데없는 걱정일 수도 있었지만 유비무환이니까."

새삼 나는 그녀에게 감탄했다. 내 행동을 완벽하게 읽었다는 것도 대단하지만, 예측했다 하더라도 나를 저지하기 위해 행동에 나서는 건 보통 사람이 할 수 있는 일이 아니었다. 엄마를 구하려고 죽음을 무릅쓰고 타오르는 화염 속으로 뛰어든 것도.

내 어리석은 행동 때문에 그날 밤에 그녀의 몸은 얼마나 나빠졌을까? 대답을 듣는 게 두려웠지만, 역시 묻지 않을 수는 없었다.

"그래서, 마키나 씨의 몸은 괜찮은 거예요?"

"괜찮지 않아."

그녀는 내 쪽은 보지도 않은 채 무뚝뚝하게 대답했다. 나를 향한 비아냥거림이 담겨 있었지만, 불평할 처지는 아니다.

"그, 그렇겠죠. 사죄의 뜻이라고 하기는 뭣하지만, 내가 할 수 있는 일이라면 뭐든 도울 테니까⋯⋯."

"식물원에 가고 싶어."

"네?"

잘못 들은 줄 알고 나는 당황하며 되물었다. 말 중간에 끼어들며 내뱉은 그 한마디는, 평소의 거침없는 태도와 달리 마치 초등학생이 재잘거리는 것처럼 들렸으니까. 마키나 씨는 힘차게 몸을 일으키더니 나를 향해 검지를 휙 들이댔다.

"식물원에 가고 싶다고! 하토, 나랑 같이 가자! 그리고 날 위해 부지런히 수발을 들도록!"

"네. 네?"

약속 장소인 식물원에는 커다란 온실 돔이 두 개나 있었다. 정문의 현관에 자리한 광장에는 식물원을 상징하는 높이 10미터의 그루터기가 치솟아 있었는데, 그 줄기에는 내 팔뚝 정도 두께의 담쟁이덩굴이 옹골차게 휘감겨 있었다.

원래는 5층 높이에 달하는 커다란 나무였다는데, 너무 자란 탓에 쓰러질 위험이 있어서 부득이하게 베어냈다고 했다. '너무 빼어나면 미움을 받는다'라는 속담을 이렇게나 몸소 구현하는 존재도 드물 것이다. 마키나 씨는 그 나무의 뿌리 근처에서 나를 기다리고 있었다. 그녀는 입구를 통과하는 나를 발견하고는 활짝 웃으며 손을 흔들었다.

"와, 이렇게 병원 밖에서 만나니까 신선한데?"

"그러게요. 마키나 씨도 오늘은 굉장히 멋져요."

그녀의 옷차림을 보며 나는 조심스레 말했다. 병원에 있을 때 마키나 씨는 대개 어두운색 계열의 옷을 즐겨 입었는데, 그건 오직 활동성만을 생각한 복장이었다. 하지만 오늘 양손에는 평소처럼 검은 장갑을 착용하고 있었지만, 아이보리 카디건에 라임그린 롱스커트 차림의 그녀는 분위기가 달랐다. 머리에는 머리핀도 꽂았다. 대형 식물원이라는 장소와 어우러지며 신비한 분위기마저 그녀를 감싸고 있는 듯했다. 평소와 다른 모습에 심장이 고동치고 있는 나를, 마키나 씨는 팔꿈치로 가볍게 쿡 찔렀다.

"그거 알아? 넌 상당히 앞으로가 기대돼. '오늘은'이라는 말은 불필요하지만."

외모가 달라져도 역시 마키나 씨다웠다. 두 개의 돔은 열대식물 위주의 밀림 코스와 사계절 꽃으로 꾸며놓은 플라워 코스로 구별되어 있어서, 좋아하는 쪽을 골라 차례로 돌 수 있었다. 마키나 씨가 원하는 대로 우리는 먼저 밀림 코스로 향했다.

열대식물 전용이라 그런지 돔 안은 무덥게 느껴질 정도로 기온이 높았다. 발판 아래에 자그마한 인공천이 흐르고 있어서 습도가 높은 탓에 더욱 그렇게 느껴지는 건지도 몰랐다. 돔의 높이는 10미터 높이의 건물을 뛰어넘을 정도였고, 면적도 어마어마하게 넓었지만, 무성한 식물들의 초록 빛이 돔 안을 가득 채우고 있었다.

안내판을 읽어 보니, '자이언트 뱀부'라는 이름의 초대형 대나무는 30~40미터 정도로까지 자랐다. 천장을 뚫고 나간다거나 줄기가 부러져 인명사고가 발생하는 일은 없으면 좋겠는데……, 그런 생각을 하고 있었는데 야자나무 열매의 추락에 관한 주의사항이 눈에 들어와서 나는 무의식적으로 머리 위를 오른손으로 가렸다. 그 모습을 마키나 씨한테 딱 걸려서 된통 놀림을 받은 건 말할 필요도 없다.

나는 식물학에 대해 문외한이나 마찬가지였지만, 마키나 씨는 새로운 식물과 맞닥뜨릴 때마다 흥미진진한 표정으로 하나하나 자세히 들여다봤다. 멀리서 보면 엇비슷한 녹색도, 가까이에서 살펴보면 각각이 구별되는 특징을 갖고 있었다. 안내판의 친절한 설명 탓에 점차 나도 흥미가 생겨났다. 빵나무와 샐러드나무라는 식용식물은 맛을 한번 확인해 보고 싶었고, 바나나가 나무가 아니라 풀의 일종이었다는 사실도 처음 알았다.

돔의 중간 지점에 있는 '식충식물 구역'에 들어갔을 땐 저절로 몸이 움츠러들었다. 천장에 둘러쳐진 덩굴에서 길고 가느다란 자루 모양의 식물이 셀 수 없이 늘어져 있었다. 자루의 입구 부분은 불그스름한 색을 띠고 있었는데 마치 인간의 입처럼 보였다. 망설이는 나와 달리, 마키나 씨는 양손을 맞댄 채 들뜬 목소리로 말했다.

"우와, 이거 놀라운데. 벌레잡이통풀을 이렇게나 잔뜩 기르고 있을 줄이야. 이 식물은 썩지 않게 기르는 게 꽤 어렵거든."

"식충식물이 이렇게까지 빽빽이 늘어져 있으니까 좀 섬뜩한데요?"

내가 주눅 들어 있다는 걸 단번에 파악한 마키나 씨는 장난꾸러기처럼 히죽 웃었다.

"후후후, 조심하라고. 소화액이 묻으면 피부가 녹아내리니까."

"거짓말하지 말아요"

"이런, 진짜 겁먹었구나? 미안, 미안. 나도 모르게 놀리고 싶어지네. 벌레잡이통풀의 소화액은 정글에서 조난됐을 때 귀중한 수원이 된다고. 기억해 두면 좋아."

"딱히 겁먹지도 않았어요. 그리고 그런 정보, 사용할 기회도 없을 것 같은데요."

가만히 있다가는 마키나 씨가 계속 놀릴 게 뻔했기 때문에 나는 한숨을 쉬며 화제를 바꿨다.

"그런데 벌레를 잡아먹는 식물이라니, 절반은 동물 같네요."

"의외로 일상에서도 많이 볼 수 있어. 학교에서 배웠는지 모르겠지만, 연두벌레는 엽록체를 가지고 광합성을 하면서도 편모로 운동하는 성질까지 갖고 있어서 학자들 사이에서도 동물인지 식물인지 의견이 분분해. 넌 어느 쪽이라고 생각해?"

갑작스레 진지한 질문을 던져서 나는 당황했다. 기억을 더듬어 교과서에서 봤던 연두벌레의 사진을 떠올렸다.

"그게……, 움직인다면 역시 분류상으로는 동물 아닐까요? 벌레라는 이름이 붙어 있을 정도니까요."

"정답이기도 하고 아니기도 해. 확실히 동물적 특성은 연두벌레의 식물성을 부정하는 하나의 원인이 되지만, 어디까지나 이름은 옛날 사람이 붙인 것을 편의상 이용하고 있을 뿐이야. 이름이 몸을 나타낸다는 사고방식은 자칫 위험할 수 있어. 식물과 동물이라는 분류만 해도 깊이 파고들면 인간이 멋대로 규정한 기준에 지나지 않아."

마키나 씨는 내 대답을 냉정하게 평가했다. 그러고 보니 유전학의 우성이니 열성이니 하는 용어도 오해를 불러일으킨다고 해서 현성(드러나는 성질)과 잠성(잠재된 성질)으로 변경되었다고 했던 것 같다.

마키나 씨는 몸을 숙여 송충이처럼 생긴 식물을 흥미진진한 눈빛으로 관찰하고 있었다. 안내판에 따르면 끈끈이주걱이라는 식충식물로, 감각을 지니고 있으며 점착성 털에 사냥감이 닿으면 잎으로 돌돌 말아 소화해 버린다.

"좀 더 이야기를 확장해 볼까? 생각하는 갈대라는 건 철학자가 예로 든 건데, 말 그대로 생각하는 갈대, 사고하는 식물이 존재한다고 가정해 봐. 감정과 뛰어난 지성을 지녔고 때로는 위트 넘치는 농담도 할 수 있는, 인간의 좋은 파트너야. 하지만 그와 의사소통하려면 고액의 기계와 전문가의 관리 유지가 필요해. 그렇다면 인류는 그에게 인권을 부여해야 할까, 하지 말아야 할까?"

"아무리 그래도 그건 너무 극단적인데요?"

사고실험은 철학자의 일이다. 나 같은 일반인이 머리를 쥐어 짜낸들 세상이나 인생의 무언가가 바뀔 거라고는 도저히 생각할 수 없다. 마키나 씨는 천천히 일어나더니 신중하게 긴 한숨을 토해냈다.

"그럴지도 모르지. 하지만 살아간다는 건 언제나 지금까지와는 다른 가치관과 투쟁해 나가는 거야."

마키나 씨의 말은 내 안일한 생각을 꿰뚫는 것 같았다. 숨을 삼키는 내 옆에서 그녀는 근심 어린 표정으로 중얼거렸다.

"소유한 지성이 고도가 아니라면 인권을 부여할 필요가 없는 건지, 벌레 포식이나 공생에 의해서 광합성이 필요 없어진 식물을 식물이라고 부를 수 있는지, 거꾸로 광합성을 할 수 있게 된 인간은 사회적으로 어떻게 취급해야 하는지. 그것뿐만이 아냐. 귀족은 태어날 때부터 귀족인지, 움직이는 건 태양인지 지구인지, 기존의 법칙이나 상식은 정말로 정의인 건지, 좀비를 죽이는 건 살인인지, 생명과 사회를 지키기 위해 개인의 자유를 제한하는 게 선인지 악인지 등, 말도 안 되는 선택을 강요받는 순간은 언제나 느닷없이 들이닥치는 법이야. 전례가 없으니 정답 같은 건 아무도 모르지. 그때가 돼서 인터넷으로 검색해봤자 이미 늦는다고."

그녀는 나를 바라보며 밝게 웃었다.

"그러니까 인간은 지식을 축적하고 경험을 쌓고 생각하는 거야. 적절한 시기가 왔을 때 올바른 선택을 하기 위해서."

맞장구를 치고 싶었지만, 말문이 막혀서 그저 고개를 한 번 끄덕였다. 왜 알아차리지 못한 걸까? 앞서 말한 지성을 가진 식물에 관한 이야기는 단순한 예시가 아니라 마키나 씨의 미래를 비유해 말한 거라는 사실을.

첫 번째 돔의 종착점에는 아담한 인공 폭포가 흐르고 있었다. 초록으로 둘러싸인 그곳은 딱 보기에도 사진을 찍기 좋은 장소였다. 지금도 한 커플이 사진을 찍고 있었다. 난간에 기대어 폭포를 바라보면서 마키나 씨가 물었다.

"어때? 식물에 아직도 울렁증이 있어?"

가볍게 꺼낸 말이었지만, 마키나 씨의 진짜 목적은 이것이었다고 나는 직감했다. 식물원에 가고 싶다고 한 건 어디까지나 명분일 뿐, 식물에 대한 내 트라우마가 어느 정도인지 확인하기 위해서. 마키나 씨를 안심시키고 싶어서 나는 단호하게 고개를 저었다.

"신기하네요. 한때는 '더는 쳐다보고 싶지도 않다'라고 생각했는데, 지금은 이렇게 바라보고 있어도 괜찮아요. 오히려 안심이 될 정도예요."

"그렇군. 어쨌든 식물이 없으면 모든 동물은 살아갈 수 없으니까. 식물이 발산하는 피톤치드가 어느 정도 리프레시 효과를 주는 건 분명하거든. 강렬한 트라우마를 가진 경우라면 예외겠지만, 네가 그렇지 않다니까 그나마 위안이 되네."

본능의 단계에 따라 결정되는 공생관계라는 뜻이다. 운명적인 로맨스 같기도 하면서, 일종의 속박 같기도 하다. 나는 손으로 차양을 만들고 멀리 보이는 초록빛에 시선을 집중했다.

"식물한테도 인간은 없어선 안 될 존재일까요?"

"글쎄. 중국에서 생식하는 백합의 한 종이 수수한 색조를 띠는 건 인간에게 채취당하지 않기 위해 진화한 결과라고도 한대. 식물한테 동물은 꼭 필요한 존재인 건 맞지만, 그 동물이 인간일 필요는 없을지도 몰라."

"결국 인간의 짝사랑인가요? 미래가 없는 이야기네요."

멸종위기종의 식물을 지키기 위해 인류는 이것저것 온갖 방법으로 애쓰고 있는데, 정작 식물은 애초에 인류만 없었으면 좋았을 거라고 생각하는 셈이다. 인류가 멸종한 세상에서 식물이 무럭무럭 자라나 초록이 무성해진 풍경을 묘사하는 픽션은 어쩌면 픽션이 아닐지도 모른다. 체념한 듯 자조 섞인 말을 내뱉는 내 모습이 웃겼는지 마키나 씨는 한바탕 웃었다.

"하하하, 짝사랑도 좋잖아. 중요한 건 그 마음을 어떻게 행동으로 표현하느냐니까. 식물에 푹 빠진 인간이 진심으로 노력하는 모습을 보여준다면, 식물 쪽도 보답하는 의미에서 머지않아 깜짝 놀랄 진화를 이룰지도 몰라."

"그런 걸까요?"

가령 그런 극적인 진화가 일어난다고 해도 수백 년 뒤의 이야기일 것이다. 그때까지 나는 물론이고 인류가 살아남을 수나 있을까? 지루하지도 않은지 초록빛을 계속 눈에 담는 마키나 씨를 바라보다가 나는 뒤늦게 궁금한 게 생각났다.

"저기, 갑작스럽긴 한데요. 마키나 씨는 왜 그렇게까지 식물을 좋아하는 거죠?"

"응? 식물을 좋아하는 데에 이유가 필요해?"

"다른 사람이라면 딱히 개의치 않았을 텐데, 마키나 씨의 경우는 좀 그렇잖아요. 몸 안의 식물 때문에 고통 받고 있으면서 식물을 좋아한다는 게 어쩐지 앞뒤가 안 맞는 것 같아서요."

마키나 씨는 능숙하게 난간 위에서 손으로 턱을 괴었다.

"솔직히 말하면 나도 처음에는 별로 좋아하진 않았어. 아니, 사실은 지금도 식물 자체를 특별히 좋아하는 것도 아닐 거야. 다만, 내가 흥미를 느끼는 쪽은 오로지 식물 너머에 있는 인간이야."

"식물 너머에 있는 인간이요?"

"응. 하토, 오늘 넌 이 식물원에서 많은 식물을 봤어. 이제 네가 어딘가의 산으로 등산을 갔다고 해 봐. 거기에 생식하는 식물들을 정확히 구별할 수 있을 것 같아?"

나는 얼굴을 찡그렸다. 대답이 명확한 질문을 받으면 그다지 재미가 없다.

"힘들죠. 단 하루만으로는."

"그렇다면 일 년 동안 매일 다니면 가능할 것 같아? 전에도 말한 것 같은데, 지구상에서 이름이 있는 식물은 사십만 종도 넘어. 그리고 대다수 인간은 그중에서 고작 수십 종조차도 모른 채 삶을 마감하지. 이 식물원을 방문해서 '잡초라는 이름의 풀은 없다'라고 감명 받은 인간이라도, 식물원 밖으로 나가면 다시 원래대로 잡초라고 부를걸. 의식주와 하등 관계없는 식물 같은 건 그런 존재니까. 세세히 분류하고 이름을 붙일 만한 의미 따위는 없는 거야."

사십만 종이나 된다면 이름을 대충 훑어보는 것만으로도 어마어마한 시간이 걸리겠지. 그 목록에서 내용이 중복되더라도 알아차리지 못할 것 같다. 어딘가 머나먼 세상이라도 상상하는 것처럼 마키나 씨는 눈을 가느다랗게 떴다.

"별나잖아. 아무도 신경 쓰지 않을 듯한 식물을 일일이 비교해서 사소한 차이를 놓치지 않고 긴 시간을 들여 생장을 관찰한 뒤 논문을 제출하지. 새로운 종을 발견했다고 생각했는데 훨씬 이전에 다른 누군가가 이미 발견한 상태일 때도 있고, 명예욕 때문이라고 결론짓기에는 너무 태평한 이야기잖아. 그런데도 그런 별난 사람들의 노력이 쌓인 덕분에 지금은 사십만 종이나 되는 식물에 이름이 부여됐어. 그들은 길가의 풀꽃이 '잡초'라고 불리도록 내버려두지 않았어. 비슷비슷한 식물을 싸잡아 동급으로 취급하는 게 아니라 모두 동등하게 이름을 붙일 가치가 있다고 믿으며 인생을 건 성과를 미래에 맡겼지."

스마트폰도 인터넷도 카메라나 자동차조차 없었던 시대에, 그들은 대체 얼마나 많은 어려움을 겪었을까? 사진을 찍을 수 없어서 스케치와 기억에만 의지하고, 막대한 문헌은 단어 검색 기능도 없이 확인해야 하고, 위태위태한 장비 하나만 지닌 채로 가혹한 자연에 몸을 던지고, 정리된 정보는 일일이 수기로 써내려가는, 상상을 초월하는 고생을 했을 게 틀림없다. 지성과 호기심을 무기로 끝까지 싸운 그들에게, 순간 경의의 마음이 일었다. 그와 동시에 한 가지 사실을 깨달았다. 이건, 지난날 나의 패배로 끝났던 스무고개 게임의 정답과 본질이 같다는 사실을. 마키나 씨는 난간에서 물러나 기지개를 켠 뒤 생글생글 웃었다.

"그런 사람들이 해왔을 생각의 단면에 다가가는 게, 난 좋아."

자애 넘치는 그 말은, 나뿐만 아니라 식물에 생애를 바쳤던 별난 옛사람들에게도 향해 있었다.

10시쯤 입장했는데 온실 돔을 나왔을 때는 12시를 훌쩍 지나 있었다. 즐거운 시간은 늘 빨리 흘러간다.

"이런, 벌써 시간이 이렇게 됐네? 식물원 안에 레스토랑이 있었던가?"

이 시간을 무척이나 애타게 기다리고 있었다. 나는 배낭을 열어 보자기에 싼 도시락통을 꺼냈다.

"도시락을 만들어왔는데, 괜찮으면 같이 먹을래요?"

"오, 센스 있네. 그럼 사양하지 않고 먹어볼까?"

마키나 씨가 기쁘게 응해줘서 우리는 정문의 현관 앞 광장에 놓인 벤치에 앉아 점심을 먹기로 했다. 온실 안에 있었던 탓인지 바깥 공기가 더욱 쌀쌀하게 느껴졌다.

여유롭게 삼단 도시락을 준비했다. 매실장아찌와 다시마를 올린 밥, 닭튀김과 계란말이에 미니샐러드, 연어 소금구이에 우엉조림. 풍성한 식사였다. 마키나 씨는 다채로운 도시락의 음식들을 본 것만으로도 안심한 듯 웃었다.

"후훗, 정말 이젠 걱정 없어 보이네."

"맞아요, 이 도시락을 마키나 씨한테 전하는 게 오늘의 가장 큰 목적이었어요."

엄마와 화해한 일, 집안 환경이 개선된 점, 그리고 나의 생각과 현재 상황을 전하는 것으로 충분하겠지.

"잘 먹겠습니다."

두 손을 모으고 말한 뒤 마키나 씨는 검은 장갑을 착용한 채 종이 접시와 나무젓가락을 써서 가장 먼저 계란말이를 집었다. 그녀가 계란말이를 입에 넣는 장면을 나는 긴장된 표정으로 지켜봤다. 마키나 씨는 절반을 씹어 삼킨 후 만족한 듯한 표정으로 엄지를 추켜세웠다.

"음, 훌륭해! 옥수수알과 치즈를 넣어서 만들었네?"

"빈말이라도 칭찬받으니 기쁘네요."

그제야 나는 가슴을 쓸어내렸다. 타인에게 요리를 대접하는 게 처음이긴 해도 이렇게까지 긴장될 줄은 몰랐다. 마키나 씨는 감회에 젖은 듯 남은 계란말이 절반을 바라봤다.

"맛있어. 정말이야! 너의 미슐랭 입성의 전설은 이 계란말이에서 시작되는 거야."

"솔직히 그런 건 잘 모르겠고 신경도 쓰이지 않아요. 그냥 혼자 꾸려 나갈 수 있을 정도의 자그마한 가게를 열어서 가까운 사람이 맛있게 먹어주면 그걸로 충분해요."

"좋네. 근처에서 오픈한다면 매일 다니고 싶을 만큼."

"매일 와 주세요."

나도 모르게 날 선 목소리가 튀어 나왔다. 명랑했던 대화분위기가 급변하면서 마키나 씨가 동요하는 걸 희미하지만 느낄 수 있었다. 벤치에 앉아 나는 뚫어져라 그녀의 눈을 바라보았다.

"마키나 씨는 어떤 요리를 좋아해요? 일식이나 양식이나 중식 중 어느 쪽이든, 그 외의 어떤 종류라도 마키나 씨 취향에 맞춰 가게를 차릴 거예요. 아니, 가게 같은 거 열지 않아도 매일 마키나 씨를 위해 밥을 만들게요. 한번 먹으면 두 번 다시 병원식은 먹을 수 없을 만큼 맛있는 요리를, 세 끼 모두 내가 해줄 거예요. 원한다면 내일부터도 할 수 있어요. 이제 아르바이트는 관뒀으니까 자유 시간이 많거든요. 그러고 보니 오늘 도시락은 아무 생각 없이 만들어버렸는데 알레르기라든가 특별히 좋아하는 음식이……."

그녀는 손을 들어 내 말을 막고는 종이 접시와 젓가락을 내려놓고 일어섰다. 정면에 우뚝 솟은 식물원의 상징, 담쟁이덩굴이 휘감긴 거대한 그루터기를 마키나 씨는 물끄러미 바라봤다. 심상치 않은 분위기여서 나는 잠자코 그녀를 지켜보았다. 잠시 후 마키나 씨는 입을 열었다.

"하토, 우리 게임 하자."

답답함과 조바심이 뒤섞인 감정이 끓어올랐다. 나는 자리에서 일어나 그녀의 등을 향해 필사적으로 호소했다.

"마키나 씨, 도망치지 말아요. 난 진지하다고요."

"도망치는 건 너잖아."

그녀는 뒤돌아서서 똑바로 내 눈을 바라봤다. 그녀의 차가운 눈빛에 나는 입을 다물었다. 마키나 씨는 가슴에 한 손을 대고 거침없이 말을 쏟아냈다.

"그리고 난 항상 너보다 더 진지해. 그런 나한테 납득이 안 되는 부분이 있다면 좀스럽게 정에 호소하지 말고 엄연한 규칙에 따라 원하는 대답을 끌어내 보라고."

더는 어떤 말도 소용이 없다는 건 불을 보듯 명확했다.

이 세상은 올바른 지식과 상상력이 부족한 인간한테는 '선택할 권리'를 부여하지 않아. 그와 동시에 오히려 그런 인간들이 더 살기 편하게 되어 있기도 하지.

예전에 마키나 씨가 했던 말이 생생하게 떠올랐다. 원하는 미래를 선택하려면 그녀의 말대로 게임에서 이길 수밖에 없다. 나는 고개를 숙이고 절박한 심정으로 그 제안을 받아들였다.

"알겠어요. 스무고개 게임 말이죠?"

"물론. 문제는 이거야. '내가 지금 뭘 생각하고 있을까?' 제한 시간은 오늘의 데이트가 끝날 때까지."

마키나 씨는 마음을 다잡은 날 보며 웃더니 검지를 세웠다.

"그리고 이번에는 특별한 규칙을 추가할게. 정답을 말할 기회는 단 한 번뿐이야. 그 이후로는 질문이 남아 있더라도 게임은 끝나. 그리고 정답을 맞히지 못했을 경우, 앞으로는 일절 나와 접촉하는 건 금지야."

"어, 어째서 그런."

너무 일방적인 규칙에 내가 화를 내려고 하자, 마키나 씨는 검지를 좌우로 흔들며 단호하게 말했다.

"못 맞힐까 겁나는 거야? 난 하토의 모든 걸 꿰뚫어 보고 있었는데, 넌 그렇게까지 날 이해하지는 않는다는 뜻이네."

대적할 수 없는 논리로 도발해 오면 나로서는 받아들일 수밖에 없다. 게다가 달리 생각하면 이건 좋은 기회다. 의도했든 아니든, 마키나 씨 쪽에서 먼저 게임을 제안한 건 뜻하지 않은 행운일 수 있었다. 나는 타협안을 제시했다.

"좋아요. 하지만 그 조건은 일방적으로 나에게만 손해예요. 그러니 정답을 맞힌다면 내 말은 뭐든 한 가지 들어준다고 약속해 줘요."

"그러지 뭐. 시작하자."

제안을 선뜻 받아들이는 걸 보니 내가 정답을 맞히지 못할 거라고 자신하는 걸까? 아니면 알아맞혀도 상관없다고 생각하는 걸까? 어느 쪽이든, 내가 해야 할 일은 하나였다. 그녀가 어떤 사람인지 생각하고 정보를 끄집어내서 정답을 알아내는 것. 벤치에 앉아 다시 점심을 먹기 시작하면서 나는 간단한 질문을 던졌다.

"그건, 마키나 씨가 앓고 있는 병에 관한 거예요?"

"노야."

"그럼 마키나 씨 자신에 관해선가요?"

"노."

"그것에 대해 생각하면 기분이 좋아져요?"

"후후, 예스야."

질문을 통해 파악하는 건 단순히 예스와 노라는 대답만이 아니다. 마키나 씨가 대답하는 방식과 표정, 몸짓, 그 모두가 대답의 깊숙한 곳에 감추어진 감정을 명백히 드러내고 있었다. 즐거운 시간이었다. 마키나 씨에 대해 좀 더 알고 싶었다.

점심을 먹은 뒤 우리는 두 번째 온실 돔을 둘러보기 시작했다. 왕성하게 향기를 발산하는 꽃들을 뒷전으로 한 채 나는 마키나 씨에게 어떤 질문을 할지 고심했다.

"일 때문에 읽는 의학서 이외에 소설 같은 책도 읽나요?"

"예스. 딱히 할 일도 없으니까. 틈만 나면 읽는다고 할까."

"에스에프(SF)랑 미스터리 중에서는 에스에프를 선호하나요?"

"예스. 필립 딕이나 로버트 하인라인 같은 작가는 특히 좋아해. 미지의 테크놀로지나 특수한 세계관이라는 소재만으로도 가슴이 뛰어."

"소설가가 되고 싶다고 생각한 적은 있어요?"

"음……, 그건 노야. 심심풀이로 시도해 본 적은 있는데, 내가 쓴 소설은 어쩐지 인형 놀이 이상의 수준은 안 되는 것 같아서."

문제와 상관없는 질문을 한 건 여유가 있어서가 아니다. 오히려 초조했다. 그녀의 새로운 면을 알게 될 때마다 오히려 모르는 게 늘어간다. 마키나 씨의 말대로, 난 스스로 생각하는 만큼 그녀를 이해하지 못하는 것 같았다.

질문을 던지고 대답을 들으면 다시 새로운 의문이 생겨난다. 아무리 시간을 들여도 모자랄 것 같다. 가능하다면, 나는 이 시간이 평생 이어지기를 진심으로 바랐다. 그러나 게임의 질문도 데이트 시간도, 끝은 착실히 임박해 온다.

"이런, 벌써 끝난 건가? 순식간에 지나갔네."

마키나 씨의 말에 나는 온실 출구가 어느새 가까워졌다는 사실을 깨달았다. 두 번째 온실을 나가버리면 이 식물원에는 특별한 구경거리가 더 이상은 없다.

"그럼, 질문은 방금 전의 것까지 열여섯 번째였나? 슬슬 막바지네. 다음 질문은 뭐야?"

그녀의 재촉에 초조해진 나는, 해야 할지 말아야 할지 계속 결정하지 못한 채 괴로워했던 질문을 입 밖으로 꺼내고 말았다.

"마키나 씨는 사실, 죽는 게 무서운 거 아니에요?"

그 순간 시간이 멈췄다. 진심으로 나는 그렇게 생각했다. 내가 바라보고 있는 그녀가, 꿈쩍도 하지 않은 채 모든 움직임을 멈춘 탓이다. 마키나 씨의 등 뒤는 변함없이 계속 떠들썩한데, 오직 그녀만이 정상 세계에서 쫓겨난 것처럼 얼어 있었다. 한없이 떨리는 마키나 씨의 입가에서 쉰 목소리가 흘러나왔다.

"그런……, 그거야……."

순간, 내 눈에는 그녀가 웃으려는 것처럼 보였다. 예스이든 노이든 그녀한테는 그저 웃어넘길 정도의 질문일 거라고, 어리석게도 나는 그렇게 생각했다. 다음 순간, 마키나 씨의 입에서 터져 나온 건 귀청을 찢을 듯이 커다란 목소리였다.

"그거야, 당연하잖아!"

고막이 마비될 정도의 큰소리에, 주변에 있던 모든 사람의 시선이 우리에게 집중되었다. 하지만 나는 놀라기는 했지만 냉정을 유지할 수 있었다. 주위 사람들의 반응이, 오히려 나를 침착하게 만든 건지도 몰랐다. 내가 만약 여기에서 당황하면 마키나 씨의 마지막 버팀목이 사라져 버린다고, 그런 의무감이 내 안에 있었던 건지도 모른다. 그녀는 구겨진 표정으로 내 멱살을 움켜쥔 채 격한 감정을 드러내며 덤벼들었다.

"무서운 게 당연하잖아! 죽는다는 게 뭔데? 죽으면 사람은 어떻게 되는 거냐고? 하고 싶은 일도, 되고 싶은 것도 얼마나 많은데. 어째서 나만! 이런 말도 안 되는 병에 걸린 탓에 내 인생은 엉망진창이야! '아이 뽑기에 실패'했다고? 빌어먹을 인간 주제에 아버지랍시고 어디서 유세야! 전문 분야도 아니면서 수술을 감행해서 의료사고를 낸 건 본인 잘못인데! 면허정지 당한 한물간 의사가 반성도 없이 이상한 사업을 시작하더니, 급기야는 내가 강간당할 뻔했는데도 '미수에 그치면 위자료도 못 받는다'라는 둥 헛소리나 지껄여 대고. 그런 인간이 내 아빠라니, 믿을 수가 없어. 그런 가정폭력범한테 알랑거리는 엄마는 무책임한 인간이야! 내가 여자라는 이유만으로 얕잡아 보기나 하고! 사실은 메이보다 좀 더 베테랑 연구자가 나를 담당해주길 바랐어. 애초에 치료할 생각이 없었던 게 아닐까? 짜증나는 꽃집 알바생 엄마는 황당한 트집이나 잡고. 대체 뭐냐고? 난 심리상담사가 아니야! 환자야, 죽어가는 환자라고. 참고 참았는데 당사자는 방화나 저지르고, 진짜 뭐하자는 거야! 죽어버리면 내가 참아온 게 전부 소용없는 게 돼! 나는 좋아서 참고있는 줄 알아? 신은 견딜 수 있는 시련만 준다고? 그런 헛소리가 어디 있어? 삼 개월마다 수술합병증을 두려워하는 사람의 마음도 모르면서 멋대로 지껄이기만 하고! 강 건너 불구경이나 하면서 변덕스러운 시련이나 주는 신 따위, 그런 신 따위……."

내 가슴팍에서 힘없이 손을 뗀 마키나 씨는, 무너지듯 그 자리에 주저앉아 남의 시선도 아랑곳하지 않은 채 절규했다.

"그런 신 따위, 엿이나 먹으라고 해!"

그건 마키나 씨가 지금까지 억눌러왔던 영혼의 절규였다. 내 바지의 무릎 부분을 부여잡은 채 그녀는 오열했다. 처음 마주한 그 눈물이, 내 마음을 지독하게 아프게 했다.

어느새 식물원 직원을 포함한 많은 사람들이 우리 주위에 모여들었지만, 심상치 않은 분위기를 느꼈는지 누구 하나 말을 걸지 않았다. 나는 마키나 씨를 억지로 일으켜 세우거나 다그치지도 않고, 그 옆에 바짝 다가가 무릎을 꿇고 앉았다. 할 수 있는 일이 없는 내가 한심했다. 그 어떤 말도 지금의 그녀에게는 들리지 않으리라는 걸 알았다. 이대로 몇 시간이든, 며칠이든 그녀가 운다면 나 역시 계속 그렇게 있고 싶었다.

하지만 등 뒤에서 들리는 카메라 셔터음이 이를 허락하지 않았다. 사진을 찍어서 대체 어쩔 작정인 걸까? 상처 입은 사람을 구경거리 삼는 게 재미라도 있는 건가? 당장 지우라고, 따질 작정으로 일어서려는데 마키나 씨가 거칠게 내 옷깃을 붙잡았다.

"하토, 업어 줘."

"네?"

잘못 들었나 싶어서 되물었다. 그녀는 눈물범벅이 된 눈으로 나를 보더니 다시 말했다.

"여자를 울린 죄는 무거운 법이라고. 자, 날 업고 병원까지 데려다줘. 실수로라도 떨어뜨리지 말고."

다짜고짜 다그치니 따를 수밖에 없었다. 나는 공손하게 고개를 숙였다.

"네, 알겠어요. 여왕님의 분부에 따르죠."

내가 한쪽 무릎을 꿇자 그녀는 정말로 내 등에 몸을 맡겨 왔다. 성인 여자임에도 생각보다 가벼웠다. 한 걸음 내디뎌 봤다. 괜찮았다. 주위 사람들의 묘한 시선을 무시하고 나는 성큼성큼 걷기 시작했다. 스쳐 지나갈 때 스마트폰을 이쪽으로 들이대는 커플을 노려봤더니 두 사람은 멋쩍게 얼굴을 서로 마주 보다가 도망치듯 물러났다. 퇴장 게이트를 벗어나 역으로 향하는 길에 내 귓가에 대고 마키나 씨가 힘없이 말했다.

"분명 실망했겠지, 그런 꼴사나운 모습을 봤으니?"

너무 가냘픈 목소리여서 순간 마음이 저릿했다. 나는 등 너머로도 전해지도록 단호하게 고개를 저었다.

"그럴 리가 없잖아요. 그렇게 힘들었던 것들을 어떻게 이제껏 내색 한번 안 했을까, 오히려 감탄스러울 정도라고요. 마키나 씨는 정말 대단한 사람이에요."

"칭찬해봤자 아무것도 안 나와."

"내가 마음을 써줄 만큼 대단한 사람이라고 생각하는 거예요?"

언젠가 그녀가 내게 했던 말로 되받아쳤더니 등 너머로 소리 없이 웃는 기척이 전해졌다. 남은 질문은 이제 세 번. 낭비할 수는 없지만, 그래도 꼭 물어봐야 한다.

"마키나 씨, 지금 이렇게 당신을 업고 있는 사람이 반드시 나일 필요는 없었어요?"

그녀는 한숨 섞인 목소리로 내 귓가에 속삭였다.

"노야."

멈추려던 발걸음을 무심코 계속 움직인다. 어째서 나랑 어울려 준 건가요? 왜 그런 미래를 선택한 거죠? 그렇게 묻고 싶은 마음은 굴뚝같았지만, 지금의 내게 그건 허락되지 않는다. 예스나 노로 대답할 수 있는 질문을 할 것. 그게 게임의 대원칙이니까.

역에 가까워지자, 거리를 오가는 사람도 자연스레 많아

졌다. 개찰구 근처에서 마키나 씨는 내 등을 가볍게 두드
렸다.

"하토, 내려줘. 이거 상당히 부끄럽네."

"이제야 깨달은 거예요?"

등에서 내린 뒤 그녀는 고개를 돌리고 있었지만, 한눈에
봐도 알 만큼 얼굴이 새빨개져 있었다. 또 하나 마키나 씨
의 새로운 면을 발견했다. 그 뒤로 우리는 가장 가까운 역
에 도착할 때까지 말없이 갔다. 지쳤는지 그녀는 전철 안에
서 내 어깨에 머리를 기댄 채 꾸벅꾸벅 졸았다.

전철에서 내려 병원 방향의 버스터미널에 도착했다. 이
곳이 데이트의 종착점이다. 실컷 울어서 속이 시원해졌는
지, 지금 마키나 씨의 표정은 지극히 상쾌해 보였다.

"고마워, 오늘은 즐거웠어. 죽어서도 잊지 못할 만큼 더
할 나위 없이 좋은 추억이었어."

"진짜, 진심이군요."

그렇게 후련한 듯한 표정은 하지 말아요. 고통스러운 생
각을 억누르면서까지 씩씩하고 도도하게 있으려고 하지 마
요. 푸념도 고민도 넋두리도 내가 다 받아줄 테니까. 그것밖
에 해줄 게 없다고 해도, 그 정도는 할 수 있으니까.

나는 마키나 씨의 왼손을 잡고 다짜고짜 검은 장갑을 벗
겼다. 노출된 피부는 예전에 봤을 때보다 더욱 뾰족한 부분

이 늘어난 느낌이었다. 나는 울퉁불퉁 딱딱하고 검붉은 손을 주저 없이 양손으로 감쌌다. 놀란 그녀가 손을 빼려고 힘을 줬지만, 나는 버텼다. 각질화한 셀룰로스가 내 손을 파고들어 고통스러웠다. 하지만 참았다. 마키나 씨의 손은 소름 끼칠 만큼 차가웠다. 하지만 손을 빼지 않았다. 이번에는 내가 매달릴 차례였다.

"다시 생각해 줘요. 병이라면 내가 온 세상을 뒤져서라도 고쳐줄 사람을 찾을게요. 아니, 내가 의사가 돼서 고쳐줄게요. 그것도 안 된다면 내 장기를 전부 마키나 씨한테 줘도 좋아요. 예전 질문의 대답, 지금이라면 분명히 말할 수 있어요. 설령 마키나 씨가 어떤 모습이 되든 난 절대로……."

말 중간에 마키나 씨는 내 머리 위로 오른손을 올렸다. 자기 표정을 볼 수 없게 하려는 것 같았다.

"연상의 여자는 네가 좋아하는 스타일이 아니었을 텐데."

언젠가 내가 했던 대답이, 시간을 뛰어넘어 내게 꽂혔다. 대답에 한 치의 거짓도 있어서는 안 된다는 규칙이 내 몸을 얽매어 온다.

울먹이는 목소리로 내뱉은 그 말에 나는 천천히 손에 쥔 힘을 풀었다. 우리를 이어주며 서로의 진실성을 담보로 해온 규칙을 어기는 일만은 불가능하다. 게임은 아직 끝나지 않았다. 지금 내가 그걸 무효로 한다면 모든 게 물거품이 되고 만다. 잠시 후 마음을 가라앉힌 마키나 씨는 왼손에 다시 장갑을 끼고 파우치에서 무언가를 꺼내 내밀었다.

"이걸 너한테 맡길게."

그건 손바닥에 쏙 들어가는 크기의, 코르크 마개로 밀봉한 작은 병이었다. 호박색 액체가 채워진 병 안에는 하얀 섬유형 물질이 떠다녔고, 바닥에는 자그맣고 거무칙칙한 구체가 여러 개 가라앉아 있었다. 병의 바깥 둘레에는 하얀 종잇조각이 절반 정도 뒤덮여 있었다. 마키나 씨의 검체였다.

"메이에게 건넨 연구용과는 다른 거야. 함께 들어 있는 방수 코팅지는 이번 스무고개 게임의 답이 적힌 종이야. 궁금하면 열어서 확인해 봐도 되지만, 한번 개봉하면 내용물의 상태가 나빠지니까 버리기로 결심했을 때 열어봐."

깜짝 놀란 나는 반사적으로 작은 병을 꽉 쥐고 말았다. 깨질 것 같아 곧장 힘을 뺐지만, 이번에는 손바닥에서 빠져나갈 뻔해서 허둥지둥 다른 쪽 손으로 받쳤다. 바닥에 떨어뜨리지 않도록, 그리고 손에 너무 힘을 주지 않도록 나는 양손으로 감싸듯 작은 병을 고쳐 들었다.

마구 날뛰는 심장을 어르고 달래면서 살짝 보이는 양손의 틈으로 내용물을 확인했다. 게임의 시작이 상당히 갑작스럽다는 느낌은 있었지만, 이 모든 건 분명 마키나 씨가 계획해 온 게 분명했다.

"고약하네요. 이런 걸 선물로 주다니."

볼멘소리로 대꾸했더니 그녀는 평소처럼 즐거워하며 대답했다.

"후후, 큰일 났네? 하토 소년은 좋아하는 마키나 누나의 중요한 선물을 잃어버릴 순 없을 테니까. 하지만 열지 않으면 대답은 모르겠지. 딜레마에 빠지고 만 거야. 어떻게든 원만히 해결하기 위한 분명한 방법은, 딱 하나야."

마키나 씨는 엄지와 검지를 세워 좌우로 흔들어 보였다.

"아직 너한텐 질문이 두 개 남았어. 날 누구보다도 잘 아는 너라면 분명 이 마지막 순간에도 정답을 맞힐 수 있을 거야. 자, 어쩔래?"

기다리던 순간이었다. 오후 내내 계속 게임을 생각하면서 말을 꺼낼 타이밍을 계산하고 있었으니까. 두 가지 질문은 이미 정해뒀다.

"마키나 씨가 '생각하고 있는 것'은 나에 관해선가요?"

그녀의 입꼬리가 기쁜 듯 솟아올랐다.

"예스. 자, 이제 마지막이야. '내가 뭘 생각하고 있는지', 그 대답은?"

내 다음 한마디에 그녀의 운명이 달려 있다. 나는 눈을 감고 심호흡한 뒤 단숨에 말했다.

"마키나 씨는 날 너무 좋아해서, 나랑 결혼해 백년해로하고 싶다고 생각하고 있어요."

말로 꺼낸 순간, 실제 존재할 리 없는 광경이 내 눈앞에 펼쳐졌다. 반지를 받아 들고 눈물을 글썽이는 마키나 씨. 순백의 웨딩드레스를 입고 부끄러운 듯 웃는 마키나 씨. 볕이 들어오는 눈부신 창가에서 평온한 얼굴로 우리의 아이를 안고 있는 마키나 씨……. 내가 환영으로 본 행복한 미래는 그녀의 한마디에 허공으로 사라졌다.

"아쉽게도, 노."

"그렇군요, 나의 완전한 패배네요. 끝내주네요."

내가 순순히 마키나 씨의 승리를 축하하자, 그녀도 내 건투를 빌어주었다.

"흐음, 뭘 의기소침해지고 그래? 대답을 핑계 삼아 사랑을 고백하다니, 제법이잖아. 처음 만났을 때는 상상도 할 수 없을 만큼 성장했어."

정류소에 병원행 버스가 도착했고, 곧 문이 열렸다. 씩씩하게 올라타는 마키나 씨를, 이상하게도 지금은 차분히 지켜볼 수 있었다. 그녀는 버스 계단에 올라 나를 향해 미소를 지으며 손을 흔들었다.

"잘 가, 하토. 너라면 분명 올바른 선택을 할 수 있을 거라고 믿어."

그게 내가 기억하는 마키나 씨의 마지막 모습이었다. 그러고는 버스정류장의 반대쪽 좌석에 앉아 두 번 다시 이쪽을 쳐다보지도 않았다. 버스가 출발해 빌딩 그림자에 가려져 보이지 않게 된 후에도, 한동안 나는 그 자리에 서 있었다. 썰렁하리만치 차가운 작은 병의 감촉만이, 나를 현실에 머무르게 해주었다.

　호스피스 병동으로 옮긴 마키나 씨가 죽었다는 소식을 들은 건, 그로부터 63일이 지난 뒤였다.

싹트는 미래

방 두 개짜리 아파트는 불타버린 단독주택과 비교하면 비좁았지만, 지금의 나는 예전보다 훨씬 쾌적한 생활을 보내고 있다. 꽃집 아르바이트를 그만둔 나와 교대하듯, 엄마는 근처 슈퍼마켓에서 시간제근무로 일을 시작했다. 매주 다니던 수상쩍은 건강 카페도 이미 탈퇴한 듯했다. 지금은 자유 시간이 늘어난 내가 집안일을 도맡아 한다. 일을 끝내고 돌아온 엄마와 둘러앉은 식탁은 평온했다. 고기 감자조림, 쌀밥에 된장국. 평범한 메뉴였지만 만족스러웠다.

"이 고기 감자조림, 진짜 맛있네. 어떻게 만들었니?"

"다행이다. 알기 쉬운 요리 채널이 있어서 참고해 봤어."

모자 사이에 오가는 대화도 조금은 편안해졌다. 완전히 긴장을 풀기에는 좀 더 시간이 걸릴 듯하지만, 그래도 우리에게는 커다란 진전이었다. 먼저 식사를 끝내고 식기를 개수대로 치우는데 갑자기 엄마가 말을 건넸다.

"있잖니, 하토."

등 너머로 분위기가 바뀐 게 느껴져서, 나는 엄마가 중요한 이야기를 꺼내려 한다는 걸 알아차렸다. 내 반응을 살피듯 엄마는 신중하게 말을 꺼냈다.

"다음 주말에 널 만나고 싶어 하는 사람이 있단다. 그래서 네가 시간이 되는지 미리 확인해 두려고."

식기를 물에 담그던 나는 수도꼭지를 잠그고 뒤돌아 엄마를 바라봤다. 단호한 표정을 보니 더는 의심할 여지가 없었다.

"엄마, 재혼해?"

"그럴 것 같아. 한동안은 그냥 사귀는 형태가 되겠지만."

면목 없다는 듯 힘없이 고개를 끄덕이는 엄마가 이해되지 않았다. 돌아가신 아버지를 배신하는 거냐고 내가 따질 거라고 생각했던 걸까?

"그래. 난 언제든 괜찮아. 이제 아르바이트도 그만뒀고."

"화내지 않는 거니, 재혼하는 거?"

"내가 왜 화를 내겠어? 오히려 안심이야. 엄마한테는 나 말고 다른 누군가가 옆에 있어 주는 편이 훨씬 좋다고 생각하거든."

"하하. 그러니? 네 말이 맞을지도 모르지."

엄마는 힘없이 웃더니 금세 심각한 표정이 되었다. 마치 본인에게는 태평하게 웃을 자격이 없다고 말하려는 것처럼. 불만이 없는 건 진심이었다. 그렇다고 걱정이 없는 건 아니었다.

"엄마 인생이니까 원하는 대로 해도 돼. 하지만 이해하기 어려운 게 있어."

개수대를 벗어나 엄마 맞은편에 고쳐 앉은 나는 직설적으로 물었다.

"사랑했던 아버지를 잃고서 그렇게 슬퍼했잖아. 그런데도 엄마는 사랑하는 사람과 함께 있는 게 정말 값진 일이라고 생각해?"

종족 보존이니 생물의 본능이니 하는 고결한 이야기를 하고 싶은 게 아니다. 건강할 때나 아플 때나 변치 않겠다고 신부님께 맹세해도, 그게 거짓이든 진실이든 마지막은 엄연히 찾아온다. 어차피 다가올 이별로 마음 아파하느니 애초에 엮이지 않는 편이 낫지 않을까?

어쩌면 엄마는 재혼 상대를 순수하게 좋아해서가 아니라 날 위해 좋아하지도 않는 사람과 재혼하려는 건지도 모른다. 그건 엄마뿐만 아니라 미래의 내게 던지는 질문이기도 했다. 내 마음을 이해했는지 엄마는 깊이 심호흡을 한 뒤 말했다.

"그럼, 물론이지. 그것만큼은 틀림없어."

엄마로서, 그리고 인간으로서의 자부심이 담긴 한마디였다. 엄마는 눈을 감은 채 양손을 맞잡고 기도하듯이 말을 꺼냈다.

"둘도 없는 소중한 사람이 생긴다는 건 인생에서 가장 중요한 일이란다. 소중한 사람이 있어서, 그 사람을 잃게 된다면 슬플 테니까 최선을 다할 마음이 생기지. 긍정적으로 살아야겠다고 다짐하게 되고 자기 목숨도 소중히 여기게 되는 거야. 그 마음을 다음 세대한테 전달하면서 인간사는 이어지는 법이지. 널 괴롭힌 내가 이런 말을 하는 게 그다지 설득력이 있을 것 같진 않지만."

"그런 소리 하지 마. 엄마가 한 말, 이젠 알 것 같아."

나는 한없이 자학하는 엄마의 손을 잡고 말했다. 당신은 스스로 비관할 만큼 지독한 엄마는 아니었다고, 잘 알고 있다고. 이 마음을 전달하기 위해. 순식간에 눈시울이 붉어진 엄마는 양손으로 내 손을 꽉 쥐더니 쥐어짜는 듯한 목소리로 말했다.

"하토, 정말 미안해……. 무척 사랑했단다! 그 사람이 죽은 뒤 진심으로 슬퍼서……, 그래서 이번에야말로 잃어서는 안 된다고 생각해서……."

나는 엄마가 울음을 그칠 때까지 다정하게 어깨를 토닥이면서 계속 위로해 주었다.

"괜찮다니까. 어떤 마음인지 알아. 엄마가 선택한 사람과 만날 날을 기다릴게."

하교 전 조회 시간에, 그리고 에미의 집 앞에서 나는 두 번에 걸쳐 용서를 빌었다.

"에미의 헤어크림에 제모제를 섞은 범인이 저예요. 정말 죄송했습니다."

최근 들어 사과할 일 투성이네. 머리를 숙이면서 남 일처럼 그런 생각을 했다. 그날 이후 내 학교 생활은 상당히 힘들어졌다. 그렇게나 에미를 비웃던 여자애들 모두가, 나를 비난의 대상으로 삼더니 따돌리기로 의기투합했다. 에미의 가족 또한 현관 앞에서 내게 언성을 높여 몰아세웠고 학교로 쫓아와 교사의 책임까지 따져 물었다. 그런 상황이 생각보다 빨리 나아지게 된 건, 그 누구도 아닌 에미 덕분이었다.

피해자였던 에미 본인이, 현관 앞에서 화를 내며 다그치는 부모를 자제시키는가 하면, 학교에 나온 후에는 굳이 나와 계속 대화를 나눔으로써 나를 향한 여학생들의 공격을 막아 주었다. 솔직히 나는 퇴학, 최악의 경우 소송까지도 생각했기 때문에 에미가 나를 감싸줄 줄은 전혀 예상하지 못했다. 이후 학교에서 가장 대화를 많이 나누는 사이가 될 거라고도 말이다.

방과 후 단둘이 할 이야기가 있다는 에미의 말에, 나는 그녀를 예의 도끼 던지기 카페로 불렀다. 과녁을 향해 무거운 손도끼를 집어 던지는 날 바라보며 에미는 가만히 중얼거렸다.

"그나저나 참 의외네. 하고많은 사람 중에 하토 네가 그런 짓을 할 줄이야."

"화가 안 나나 봐, 에미."

아무 생각 없이 말했더니 그녀는 손도끼를 가슴 높이까지 들어 올리며 죽일 듯이 날 쏘아봤다.

"화가 나는 게 당연하잖아. 죽여버릴까 보다."

"미안."

장소가 이러한 만큼 그 말은 아무래도 웃어넘길 수 없었다. 진심으로 사과하자, 에미는 콧방귀를 뀌더니 손도끼를 과녁에 조준했다. 에미의 탈모 부분은 완전히 원상 복구돼서 지금은 풍성한 검은 머리로 뒤덮여 있었다.

"뭐, 나도 잘못하기는 했고, 네가 제대로 솔직하게 말해주었으니까. 그대로 범인도, 이유도 모른 채 평생 트라우마를 안고 살았을지도 모른다고 생각하면 소름 끼쳐. 화는 나지만, 나한테 그걸 탓할 권리는 없다고 생각해."

에미가 던진 도끼는 중심에서 크게 벗어났지만, 나보다는 훨씬 솜씨가 좋았다. 도끼 던지기는 여자들한테 더 적합한 게임인지도 모른다. 레인에 서서 나는 솔직하게 털어놨다.

"쿨하네. 넌 나를 절대 용서해 주지 않을 것 같았거든."

"참나, 네가 그런 말 할 처지야? '잘못했다'라는 말은 너한테 한 게 아니거든? 너야말로 진심으로 반성하고 있는 거 맞아?"

"이상해서 그래. 그렇게 자기반성이 가능한 사람이라면 애초에 그런 짓을 하지 않는 편이 좋지 않았을까 싶어서."

부웅. 내 손도끼는 허공을 가르며 에미가 던진 위치보다 훨씬 바깥쪽에 꽂혔다. 에미는 손도끼 두 자루를 뽑으며 심각한 표정으로 말했다.

"뭐랄까, 못된 말이긴 한데, 기분이 좋거든. 나보다 못난 녀석을 깔보거나 맘대로 주무르거나 과격한 말을 했을 때 주위에서 웃어주는 거 말이야. 특히 공부나 운동과는 달리 외모는 큰 이변이 없는 한 못나질 리가 없잖아. '난 이 녀석과는 달리 안전권에 있어'라고 착각해 버리는 거지. 그렇다 보니 고립된 녀석을 무리끼리 아무렇지 않게 우스개 취급하는 거야. 말이 좀 심했다는 걸 알면서도 '주변에서 웃어주니까 괜찮아'라고 여기면서, 뭐가 옳은지 상대의 기분이 어떤지보다 주위 녀석들이 어떻게 생각하는지가 행동의 기준이 되어버리고, 그러면서 점점 감각이 마비돼 버려. 나, 바보 같지?"

"반성하는 마음을 말로 표현할 수 있다는 것만으로도, 넌 꽤 현명한 쪽이라고 생각해."

나는 손도끼를 받아 들며 덤덤히 대꾸했다. 현명한 자는 역사로 배우고 어리석은 자는 경험으로 배운다지만 이 세상에는 경험에서조차 배우지 못하는, 즉 어리석은 사람에도 미치지 못하는 이들이 너무 많다. 손도끼를 다루며 에미가 내게 물었다.

"뭐, 이번에 그 '큰 이변'에 맞닥뜨린 꼴이지만, 덕분에 외모가 볼품없어지는 게 얼마나 괴로운 일인지 뼈저리게 느꼈어. 네가 그런 짓을 한 건 사카키바라를 위해서였겠지?"

"아니, 실은 그런 것도 아니라서……."

"이럴 땐 거짓말로라도 '그렇다'라고 말해두는 편이 좋다고. 정말 성가신 녀석이네!"

온 힘을 다해 에미가 던진 도끼는 과녁의 중심 가까이, 두 번째 원 안에 꽂혔다. 작게 손뼉을 치며 나는 그녀에게 물었다.

"사카키바라와는 어때?"

"지금으로써는 아무것도. 뭐랄까, 사카키바라도 나 같은 애랑 얽히고 싶지 않아 하는 것 같아. 사과는 필요 없으니 제발 날 내버려 둬, 같은 느낌이라서."

에미는 자조 섞인 목소리로 대답했다. 그녀의 예상이 아마도 맞을 테고, 예전의 나였다면 그게 무난한 선택이라고 단정했을지도 모른다. 하지만 지금 내겐 그게 유일한 정답이라고 생각할 수 없는 이유가 있다.

"그럴지도 모르지만, 사카키바라에게 미안한 마음이 있다면 제대로 사과하는 편이 좋지 않을까? 아까 네가 한 말의 상대는 내가 아니라 사카키바라이기도 하고. 상대방의 기분을 존중해 주는 마음에서 관계를 끊는 건 그 뒤에 해도 늦지 않을 것 같은데."

자기 생각이야말로 가장 합리적이고 올바르다고 믿는 것, 그 자체가 틀렸다. 인간은 그렇게 단순하게 창조되지 않았다. 언뜻 상반되어 보이는 감정이라도, 조건과 상황에 따라 얼마든지 바뀔 수 있다. 사카키바라가 에미를 싫어하는 마음과 에미와 사이좋게 지내고 싶어 하는 마음이 절대 양립할 수 없는 감정이라고 단정 지을 수는 없다. 어쩌면 그건 사카키바라 자신도 모르는 일일 수도 있으니, 확실히 알려면 이야기를 나누는 수밖에 없다. 스무고개 게임이 가르쳐주었다. 상대방을 아는 건 나 자신을 아는 것이자, 상대에게 의사를 전달하는 것이기도 하다는 걸. 내가 하고 싶었던 말이 에미에게 제대로 전달된 모양이었다. 그녀는 결심한 듯 길게 심호흡을 했다.

"그러게. 무슨 말을 듣게 될지 두렵지만, 어떤 말을 들어도 별 수 없는 짓을 저질러 버렸으니까. 하지만 나, 그 애랑 공통 화제도 없어서 단둘이는 역시 좀……, 그래서 말인데 네가 연결해 줄 수 있어?"

"좋아, 그 정도쯤이야 전혀 문제없어. 아, 맞다. 나, 사카키바라한테 '두 번 다시 상관하지 말라'는 소리를 들었는데."

갑자기 기억이 떠오르는 바람에 손이 빗나가서 도끼가 엉뚱한 방향으로 날아가 버렸다. 손도끼의 궤적을 더듬어 가며 에미가 투덜거렸다.

"전혀 문제없지 않잖아."

그녀의 타박이 끝나기가 무섭게 누군가 다가오는 기척이 느껴져 우리는 동시에 뒤를 돌아봤다. 사카키바라가 줄곧 우리 이야기에 귀 기울이며 듣고 있었다는 사실을 알게 된 건, 그로부터 불과 몇 초 뒤의 일이었다.

의약품 연구자로 일하는 메이 씨가 연락을 해온 건, 마키나 씨가 죽은 지 한 달이 지나서였다. 약속 장소인 카페에 먼저 와 있던 메이 씨는 가게에 들어오는 내 모습을 확인하자, 가볍게 손을 흔들었다. 그녀는 캐주얼한 니트셔츠에 청바지 차림이었다. 며칠 동안 제대로 잠을 못 자기라도 한 듯 처진 눈 밑으로 다크서클이 짙게 깔려 있었다.

"하토 군, 오랜만이네."

나는 가볍게 고개를 끄덕인 뒤 다가온 종업원에게 음료를 주문했다. 맞은편에 앉은 나를 보며 메이 씨는 가만히 중얼거렸다.

"서로 여러 가지 일이 있었던 것 같네? 하긴, 많은 일이 있긴 했지."

상황을 보아하니 마키나 씨를 통해 화재 사건도 알고 있는 눈치였다. 추궁을 당해도 어쩔 수 없다는 건 알고 있었다. 주문한 음료를 한 모금 마신 뒤 내가 물었다.

"연구는 순조롭나요?"

"응. 솔직히 상당한 도박이었지만, 영상 판독만으로는 알 수 없었던 췌도 세포의 정확한 정보를 얻게 돼서 꽤 진전된 상태야. 무덤에 가서 마키나한테도 보고해 줘야지."

사후 시신을 기증했으니 사실상 무덤에 가봤자 마키나 씨는 존재하지 않을 텐데. 여전히 융통성이 없는 사람이다. 하긴, 묘비는 죽은 자가 아니라 산 자가 마음 정리를 하기 위한 것이니까, 이해가 안 가는 건 아니다.

마키나 씨의 죽음을 돌이켜보면 한 가지 떠오르는 생각
이 있다. 그녀는 자기 목숨을 의료의 미래를 위해 기증했고
그 결심이 보답 받고 있다. 그 사실만으로도 존경받을 만한
자기 희생이지만, 역시 위화감이 든다. 더디게 진행되는 연
구도, 점점 변해 가는 외모도, 공적 자금의 압박에 따른 부
담도, 얼핏 그럴싸한 이유처럼 들렸다. 같은 처지였다면 나
또한 삶에 염증을 느꼈을지도 모른다. 그러나 어떤 이유라
한들 머릿속에서는 내내 한 가지 의문이 떠나지 않는다. 하
필이면 왜 지금이었을까? 그 답을 확인해 줄 수 있는 사람
은 눈앞의 메이 씨뿐이었다.

"메이 씨. 알고 있는 거라면 좋겠는데, 마키나 씨는 날 위
해서라는 이유에서도 죽음을 선택한 게 아닐까요?"

컵을 집으려던 그녀의 손가락이 미세하게 떨리는 게 보
였다. 컵 손잡이에 손가락을 어중간하게 걸친 채 메이 씨가
되물었다.

"왜 그렇게 생각하지?"

"마키나 씨는 이런 생각을 하지 않았을까요? 이대로 미
래가 불투명한 연명치료를 이어간다면 이 애는 요리사의
꿈을 버리고 자신을 치료하기 위해 의사가 되는 길을 선택
하지 않을까? 자신의 병 치료법을 찾기 위해 평생을 연구
에 바치는 게 아닐까? 마키나 씨는 그런 식으로 내 미래를

망치고 싶지 않았던 게 아닐까, 그런 생각이 들었어요."

마키나 씨를 위해 내 삶을 바칠 수 있기를 간절히 바랐다. 한편으로는 나 때문에 마키나 씨의 인생을 망치고 싶지는 않았다. 하지만 마키나 씨는 그러지 않았다. 그러나 더 정확히 말하면, 마키나 씨도 나와 똑같은 마음이었던 셈이다.

어쩔 수 없다는 걸 알면서도 자꾸만 그런 생각이 든다. 내가 그 꽃집에서 아르바이트를 하지 않았더라면 혹은 이미 대학생이었더라면 마키나 씨가 죽는 일은 없지 않았을까?

"넌 정말로, 나보다 훨씬 마키나를 잘 이해하고 있었네."

확답을 해주진 않았지만, 나한테는 그 대답만으로 충분했다. 어떤 말을 듣는다 해도 결국 진실은 어둠 속에 묻혀버렸으니까. 메이 씨는 커피를 한 모금 마셨다.

"마키나가 죽은 지금, 넌 어떤 어른이 되고 싶어?"

"최근에는 조리사뿐만 아니라 영양사 자격증에도 흥미가 생겼어요. 병이나 어떤 다른 이유로 일반식을 먹지 못하는 사람들한테도 맛있고 영양 있는 음식을 제공해 줄 수 있으면 좋을 것 같아서요. 맛있는 음식을 먹지 못하는 인생은 무척 비참하니까요."

"그렇군. 멋진 꿈이네."

메이 씨의 말에는 어디까지나 내 미래를 생각해 주는 마음이 담겨 있었다. 마키나 씨가 그녀를 신뢰해서 복잡하게 얽힌 자기 사생활을 털어놓을 수 있는 친구가 된 이유를 알 것 같았다.

"두 사람은 어떻게 만난 거예요?"

"두 해 반쯤 전이었나? 마키나가 여기저기 대학병원과 연구기관에 문의를 해오던 시기였어. 자신의 특이체질을 무언가의 치료연구에 활용할 수 없을지 말이야. 어느 곳에서든 대부분 문전박대를 받았던 모양이야. 대학의 공동연구에 참가하던 나도 소문으로 그 이야기를 듣고 마키나를 만나보기로 했어. 처음에는 그저 흥미가 있었던 정도였지. 걔 성격이 좀 그렇잖아? 머리 회전도 빠른 데다 말도 잘하고. 재미있는 사람이라고 생각했지."

"장기 기증 계약을 진행한 쪽도 메이 씨였어요?"

"설마? 나한테 그 정도 권한은 없어. 샘플을 사용한 실험과 가설로 반 년 정도에 걸쳐서 실장을 설득했지. 일본에서는 장기 매매 계약 같은 건 불가능하니까, 마키나에게 줄 사례비는 연구실 사무 보조 급여 항목에 넣었고 시신은 마키나의 유언에 따른 기증이라는 형태로 진행했지. 융통성 없는 실장을 설득하려고 마키나랑 이마를 맞대고 이런저런 작전회의도 했다니까."

미소를 지은 채 그녀는 마키나 씨와의 추억을 떠올렸다. 역시 마키나 씨한테는 사람을 끌어당기는 묘한 매력이 있었다. 조금은 메이 씨가 부러웠다. 가능하다면 나도, 마키나 씨한테 일방적으로 보호받는 쪽이 아니라 대등한 위치에 서서 속마음을 털어놓는 관계가 되고 싶었다.

그리고 새로운 호기심이 생겨났다. 마키나 씨와 메이 씨의 만남을 그저 단순한 우연이라고 말할 수 있을까? 식물원에서는 메이 씨에 대해 푸념 섞인 말을 쏟아내기도 했지만, 실은 마키나 씨도 이 젊은 연구자에게 뭔가 끌리는 점이 있었던 건 아니었을까?

"메이 씨는 어쩌다 의약품 연구자의 길을 걷게 된 거죠?"

"썩 좋은 기억은 아닌데. 초등학교 때 우리 반에 아이(I)형 당뇨병에 걸린 여자애가 있었어."

그녀는 눈을 내리깐 채 낮은 목소리로 이야기를 시작했다.

"매일 보건실에서 인슐린 주사를 맞는 통에 팔에는 늘 멍과 상처투성이였지. 그런데 아이들은 종종 잔혹해지잖아? 다들 그 애를 싫어하며 웃음거리로 삼았어. '사실은 마약 같은 거 하는 거 아냐'라는 식이었지. 당뇨병 환자는 혈당 조절을 위해 급식을 제한하거나 부작용 예방을 위해 사탕을 먹기도 하는데, '너만 급식이 아니라 과자를 먹다니 비겁해'

라거나 '그런 것만 먹으니 병에 걸리지'라는 식으로 공격하기도 했지. 결국 그 애는 학교에서 주사를 맞지 않게 되었고 억지로 급식도 일반식을 먹었는데……, 그러다 어느 날 갑자기 혈당이 높아져서 뇌경색으로 죽어버렸지."

십 년도 훌쩍 지난 이야기인데 마치 어제 일어난 일인 것처럼 메이 씨는 말을 해나갔다. 그녀는 길게 한숨을 토해낸 뒤 입술을 깨물었다.

"남 일처럼 말하고 있지만, 나도 그녀를 놀려대는 무리 쪽이었어. 진부한 변명 같지만, 당시 난 반의 다수파로부터 배척당하는 게 두려웠어. 그런 시시한 무리의 비위를 맞추느라 둘도 없는 소중한 친구를 잃고……, 정말 어리석었지. 죽은 그 친구는 이제 돌아올 수 없지만, 적어도 의학의 힘으로 같은 처지에 놓인 아이들을 조금이라도 구할 수 있지 않을까 생각했어."

메이 씨의 고백을 듣고 나서야 나는 수긍할 수 있었다. 한 기업의 연구자가 마키나 씨에게 관심을 갖고 전면적으로 협력하게 된 경위에는, 메이 씨의 과거 속 후회와도 연관이 있었던 것이다. 그래서 마키나 씨도 안심하고 자기 목숨을 맡겼던 거겠지.

"마키나 씨와 협력하고 그녀의 유지를 잇는 것에 메이 씨 나름으로는 속죄의 의미도 있겠네요?"

"뭐, 이걸로 없었던 일이 될 거라는 생각은 하지 않지만, 이미 늦었다고 아무것도 하지 않는 게 가장 비겁하잖아. 그녀들의 목숨을 평생 짊어질 각오는 되어 있어."

메이 씨는 남은 커피를 단숨에 마셨다. 컵을 내려놓고 그녀는 스스로 다짐하듯 이야기를 매듭지었다.

"지금 우리가 연구하는 신형 혈당 조절제가 완성되면 당뇨병 환자도 인슐린 주사를 맞지 않고 일상적인 식사와 생활을 할 수 있게 돼. 유전적 비만에 대한 유효수단이 될지도 모르고. 그렇게만 된다면 비참한 생각을 하는 아이들이 극적으로 줄어들 거야. 실용화까지는 여전히 많은 장애물이 있지만, 해낼 거니까."

"반드시 실용화시켜 주세요. 마키나 씨는 그걸 위해 당신에게 자기 목숨을 맡긴 거니까."

나도 잔을 단숨에 비우고 자리에서 일어났다. 쐐기를 박는 내 말에 메이 씨는 고개를 끄덕이고 웃었다.

"알아. 실패하면 마키나한테 저주받을지도 몰라."

"죽은 사람은 아무것도 할 수 없어요. 만약 그럴 수 있다 한들 마키나 씨는 당신을 저주하는 짓 따위는 안 할 거예요."

지갑에서 음료값을 꺼내 테이블 위에 놓은 뒤 나는 메이 씨에게 말했다.

"하지만 만약 실패한다면, 제가 당신을 죽일 거예요."

그녀의 고요한 동요가 공기의 진동을 통해 전해져 왔다. 헛소리도 협박도 아니다. 그건 순수한 선언이었다. 메이 씨에게 '실패한다'라는 선택지는 없다. 인생을 걸고 도전을 계속한다면 얻을 수 있는 결과는 '성공한다' 혹은 '그 전에 죽는다'라는 두 가지뿐일 테니까. 메이 씨가 내 의도를 어디까지 헤아려 줬을지는 잘 모르겠지만.

"하여튼, 마키나는 죽은 뒤에도 만만찮네."

곤란하다는 듯 웃는 그녀를 보니 불안해할 필요는 전혀 없는 것 같다.

에필로그

그날, 나는 마키나 씨가 입원했던 병원을 찾아갔다. 병원 뒤편에 있는 자그마한 화단에는 변함없이 인기척이라곤 없었다. 세상으로부터 버려진 듯한 그 정적이, 지금의 내게는 딱 좋았다. 이제부터 내가 하는 일을 누구에게도 절대 보이고 싶지 않았다.

마키나 씨가 시든 꽃송이를 따버리고 화단에 옮겨 심은 꽃들은 추위 탓인지 전부 시들어 있었다. 제대로 새로운 꽃을 피워내긴 했었을까? 다음 세대를 위한 종자는 남긴 걸까? 내가 정성을 다해 이 화단을 보살피면 그 대답을 알 수 있을지도 모른다. 다만 그건, 결과를 알 때까지 내가 무사히 살아있어야 가능한 일이겠지만.

당연히 바뀌지.

인생이 풍요로워지지.

마키나 씨가 했던 그 말의 의미를 이제야 이해할 수 있다. 선행은 선의에 우선한다는 주장을 바꿀 생각은 없다. 하지만 선의가 없는 행동과 선의를 경시하는 삶의 방식에는 앞으로의 '가능성'이 없다. 행동을 통해 타인의 삶이나 생각, 프라이드를 상상할 여지가 없어지는 셈이다. 어떤 행동이든 단순히 하나의 현상으로 받아들여진 채 끝나버린다. 그런 세상은 분명 재미없고 따분하겠지. 자기 좋을 대로의 상상이든 지겹도록 들어온 도덕론이든, 자기 이외의 인생에도 마음을 쓰면서 살아가는 편이 훨씬 좋다.

하토, 자기 생각만큼 자신을 이해한다는 건 불가능한 일이라고.

그런 당연한 사실을 이제야 깨달았다고 생각했는데.

내가 가장 알고 싶었던 사람은 이제 이 세상에 없다.

날 누구보다도 잘 아는 너라면 분명 이 마지막 순간에도 정답을 맞힐 수 있을 거야.

마키나 씨가 맡겼던 작은 병을 품속에서 꺼냈다. 까뭇까뭇한 종양과 가느다랗고 긴 섬유질이 호박색의 용액 안에서 떠다녔다. 방수 코팅지로 봉인된 채 함께 들어 있는 종잇조각에는 마지막 스무고개 게임의 정답이 적혀 있다고 했는데, 작게 접혀 있는 탓에 병 바깥으로는 아무리 해도 어떤 내용인지 파악할 수 없었다. 병을 열어야만 대답을 볼 수 있다. 하지만 뚜껑을 여는 순간 마키나 씨의 유일한 유품을 잃고 만다.

너라면 분명 올바른 선택을 할 수 있을 거라고 믿어.

동시에 그녀를 처음 만났을 때가 떠올랐다. 바닥에 떨어뜨린 꽃잎을 망설이지 않고 입에 넣던.

병의 코르크 마개를 열었다. 기분 탓인지 달짝지근한 향이 콧구멍을 간질였다. 신중하게 병을 기울여서 일단 끈적끈적한 용액 투성이인 방수 코팅지를 건져냈다.

자그마한 병에 남은 건 거무칙칙한 종양과 섬유상의 셀룰로스 그리고 그것들을 담근 용액뿐이었다. 한때 마키나 씨의 몸 속에 있던 그것을 나는 묘한 기분으로 유심히 바라보았다. 그녀의 검체는 어떤 맛이 날까? 이게 몸에 들어 있다면 나도 똑같은 병에 걸릴까? 이 보존액이라는 건 마셔도 괜찮은 건가?

나는 병을 들고 내용물을 단숨에 입 안으로 흘려보냈다. 숨을 참으며 맛을 느낄 틈도 없이 들이켰다. 목구멍에 끈적거리는 감촉이 느껴져 숨이 막히는 느낌이었지만, 입속의 타액을 짜내며 억지로 넘겼다.

마키나 씨의 일부를 내 몸 안에 간직하는 것, 이게 나의 선택이다. 그녀의 유품을 잃지 않으면서 그 안의 답을 보는 건 이 방법뿐이다. 어떤 결과가 따를지라도 후회는 없다. 그녀와 똑같은 병을 안고 살아가게 된다면 그것이야말로 내가 바라는 바다.

내 기억 속의 마키나 씨가 이런 행동에 당황해서 허둥댈 모습을 떠올리니 통쾌한 기분이 들었다. 그 총명한 여왕님도, 아니 그래서 더욱 내가 이럴 거라고는 예상하지 못했겠지. 안일한 마음으로 내게 검체를 내준 건 마키나 씨의 실수였다.

그때 문득 나는 어떤 위화감을 느꼈다. 병에 들어 있던 내용물의 맛이 느껴지기 시작했는데, 피 맛도, 화학약품 맛도 아니었다.

"달잖아?"

착각인가 싶어 손가락으로 병 내부를 찍은 뒤 핥아보았다. 역시 달았다. 아무리 생각해도 포르말린 종류의 화약 약품 맛은 아니었다. 호박색이고 점도가 높으며 독특하면서도 친근하고 깊은 맛을 내포하고 있는, 설마, 벌꿀?

병의 바닥에는 여전히 까만 덩어리 하나가 덩그러니 달라붙어 있었다. 그것을 손바닥 위에 꺼내 올려놓고 덥석 깨물었다. 신맛이 느껴졌다. 블루베리인 건가?

나는 나머지 반쪽을 손가락으로 집은 뒤 멍하니 내려다봤다. 자줏빛 즙이 방울진 단면을 보니 의심의 여지가 없었다. 생각해 보면 마키나 씨는 이 병의 내용물이 자신의 검체라는 말을 한 적이 없었던 것 같다. 그렇다면 난, 그저 벌꿀에 절인 블루베리를 그녀의 유품이라 생각하고 그토록 오랫동안 심각하게 고민했던 걸까?

그 순간 내 안에서 다양한 감정이 솟구쳐 올랐다. 의문, 당혹, 수치, 분노⋯⋯, 그 감정들이 하나로 폭발해버렸다. 도저히 억누를 수 없었다. 마키나 씨는 내가 무엇을 할지 예상했던 것이다.

나는 울었다.

하지만 그건 슬픔이나 쓸쓸함이 아닌, 좀 더 다른 감정에서 비롯한 눈물이었다.

결국 나는 마지막까지, 마지막의 마지막까지도 그녀를 이길 수 없었다. 무력하게도 나는, 그 여왕님의 자비에 따라 보호받는 존재일 뿐이었다. 내가 느끼는 이 감정은, 마치 마키나 씨와의 게임에서 패배했을 때 느꼈던 것과 같은 '분함'이었다.

한편으로는 그녀가 내 손에 닿지 않는 존재로 계속 있어주어서 고마운 마음도 있었다. 이대로 끝낼 수는 없으니까. 이대로 만약 내가 목숨을 잃고 사후 세계에서 마키나 씨와 재회한다고 해도, 여전히 나는 그녀와 대등한 존재가 될 수 없다. 마키나 씨가 자신의 전부를 걸고 맛보게 한 이 '분함'

이 내게는 '살아가는 원천'과 동의어였다.

그 사람 때문에 나는 앞으로도 노력할 수 있다. 나는 더 나은 사람이 될 수 있을 것이다. 그 프라이드 높은 여왕은, 죽어서까지도 분명 내 영혼 위에 계속 군림할 테니까.

소매로 눈가를 훔친 뒤 나는 방수 코팅지를 보았다. 벌꿀 범벅이 된 봉투를 열어 안에 들어 있던 종잇조각을 꺼냈다. 작게 접힌 이 종이를 펼치면 우리의 게임은 완전히 끝난다.

이제는 애석한 마음이 털끝만큼도 없다. 실수로 찢는 일이 없도록, 나는 양손으로 신중하게 종이를 펼쳤다. 거기에는 짤막한 문장이 적혀 있었다. 세상에서 단 한 사람에게 보내는 말과 거짓 없는 마음을, 나는 마음껏 음미했다.

훌륭해. 올바른 선택을 했구나. 너의 행복을, 세상 그 누구보다도 난 바라고 있어.

작가의 말

대다수가 그러하듯 중고등학생 시절에 저는 반항적이고 성가신 아이였던 것 같습니다. 지금도 비교적 그런 느낌이지만요.

자주성을 존중하고 싶은 건지, 아니면 질문할 필요도 없이 시키는 대로만 하기를 바라는지 속을 알 수 없는 어른들. 거기다 합리성이라고는 찾기 힘든 사회 시스템. 신문 기사나 텔레비전에는 매일 같이 형편없는 범죄 뉴스가 넘쳐나는데, 널리 통용되는 도덕관이나 유행가에서는 그런 세상에서 살아가는 게 멋진 일이라고 주장합니다. 제가 아이의 시선에서 바라보던 시절에는 이 사회가 지금보다 더 일그러져 보였고, 이런 세상에 적응하며 수십 년이나 살아갈 자신이 전혀 없었습니다.

당시 집안이나 학교에서 저는 지극히 여유로운 쪽에 속해 있었기 때문에 진지하게 죽고 싶다는 생각을 한 적도 거의 없었습니다. 그런데 어쩐지 스무 살이 지나고 보니 죽을 것 같은 기분이 들었고 될 대로 되라는 심정에 휩싸이기도 했습니다. 그랬던 제가 여차저차 서른 해 넘는 세월을 살아가고 있는 걸 보면, 제 육감은 걸핏하면 빗나가곤 합니다.

저는 타인과 싸우거나 불화가 생기는 걸 견디지 못하는 성격입니다. 물론 그런 상황에 익숙한 사람도 드물겠지요. 중학교 때까지 축구부였는데 팀원과 싸우는 게 싫어서 고등학교에서는 개인 기량을 발휘하는 테니스부에 들어갔습니다. 작가가 된 것도 아마 비슷한 이유였던 것 같습니다. 단독으로 처리할 수 있는 문제는 가능한 한 혼자서 해결하길 원하고, 의견의 차이가 있을 때는 이쪽이 타협해서 해결되는 상황이라면 온 힘을 다해 상대방에게 맞춰주기 일쑤입니다.

저의 그러한 단점을 떼어내 창조한 캐릭터가 '아리사카 하토'라는 소년입니다. 억압과 반감 사이에서 감정을 올바르게 표출하는 법을 몰라서, 끝내 돌이킬 수 없는 사건을 저지르는 주인공의 모습. 이는 아마 오늘도 뉴스에서 흘러나오는 '형편없는 범죄를 일으킨 인간'이 지닌 심리의 한 면인 동시에, 어쩌면 근소한 차이로 제가 맞이할 수도 있었을 나쁜 결말일지도 모른다는 생각이 들기도 합니다.

어느 정도 양보할 필요는 있겠죠. 그러나 그저 타협과 영합만을 되풀이하며 살아간다면 점차 자신의 인생을 내동댕이치게 되고, 급기야 머릿속에 문득 스치는 '옳지 않은 일'에 간단히 손을 대고 말 것입니다. 다행히 저는 주변환경과 운이 좋았기 때문에 그런 선택을 한 적은 없지만, 돌이켜보면 위기는 여러 차례 있었던 것 같습니다. 실망스러우리만치 흉악한 뉴스를 혐오하고 경멸하는 인간조차 그렇게 되어버리니까요.

'소노 마키나'라는 여성은, 그런 정신에 대한 반성과 성장을 촉구하는 역할로 탄생한 캐릭터입니다. 체념과 타성에 젖어 사는 하토에게, 게임을 통해 '올바른 선택'이 가능하도록 길을 제시해 주죠. 만약 중고등학교 시절에 이런 어른을 만났더라면 좀 더 마음 편히 살아갈 수 있었을 텐데. 그런 상상을 하면서, 하토처럼 삶이 힘들다고 느끼는 사람들에게 닿았으면 하는 마음으로 이 작품을 탈고했습니다.

이 책을 재미있게 읽어주신다면, 그리고 아주 조금이나마 그런 분들께 이 책이 힘이 된다면 저로서는 뜻하지 않은 기쁨이 될 것입니다.

이하, 감사의 마음을 전합니다.

일러스트레이터 Re님. 표지 디자인을 해주신 니시무라 히로미 님. 멋진 표지를 완성해 주셔서 진심으로 감사드립니다. 두 분 덕분에 이 작품의 매력이 더욱 커졌다고 생각합니다.

이 책을 출간하는 과정에서 힘을 보태주신 출판사 여러분. 마음을 많이 써주신 동료 작가 여러분. 응원해 주신 독자분들, 가족, 친구. 그리고 의료와 물류, 행정, 인프라 등에서 이 사회를 지탱해 주시는 관계자 여러분. 무엇 하나라도 서로 어긋나는 부분이 있었다면 이 작품은 세상에 나오지 않았을 겁니다.

세상에서 이 책이 널리 활약하기를 바라며.

이 책과 관련한 모든 분이, 언젠가의 미래에 '올바른 선택'을 할 수 있기를.

코가라시 와온

안녕, 나의 무자비한 여왕

초판 1쇄 인쇄 2024년 5월 17일
초판 1쇄 발행 2024년 5월 31일

지은이 코가라시 와온
옮긴이 양지윤
펴낸이 유정연

이사 김귀분
책임편집 조현주 **기획편집** 신성식 유리슬아 서옥수 황서연 정유진 **디자인** 안수진 기경란
마케팅 반지영 박중혁 하유정 **제작** 임정호 **경영지원** 박소영

펴낸곳 흐름출판(주) **출판등록** 제313-2003-199호(2003년 5월 28일)
주소 서울시 마포구 월드컵북로5길 48-9(서교동)
전화 (02)325-4944 **팩스** (02)325-4945 **이메일** book@hbooks.co.kr
홈페이지 http://www.hbooks.co.kr **블로그** blog.naver.com/nextwave7
출력·인쇄·제본 (주)상지사 **용지** 월드페이퍼(주) **후가공** (주)이지앤비(특허 제10-1081185호)

ISBN 978-89-6596-627-2 03830

- 이 책은 저작권법에 따라 보호를 받는 저작물이므로 무단 전재와 복제를 금지하며,
  이 책 내용의 전부 또는 일부를 사용하려면 반드시 저작권자와 흐름출판의 서면 동의를
  받아야 합니다.
- 흐름출판은 독자 여러분의 투고를 기다리고 있습니다. 원고가 있으신 분은
  book@hbooks.co.kr로 간단한 개요와 취지, 연락처 등을 보내주세요.
- 파손된 책은 구입하신 서점에서 교환해드리며 책값은 뒤표지에 있습니다.